KB092325

발트의
길 을
걷 다

—— 동화 같은 여행 에세이 ——

발트의
길 을
걷 다

◇　◆　◇　◇
이　오　이　박　이
금　미　묘　혜　종
이　경　신　선　선

Ⅲ 책담

차례

03
리투아니아

SIGULDA

Stacija

Beites

01

에스토니아

수도: 탈린(Tallinn)
언어: 에스토니아어
주요 도시: 타르투(Tartu), 나르바(Narva)

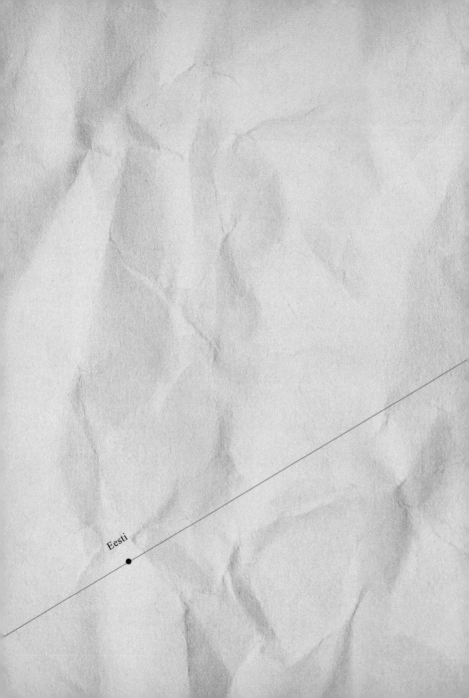

Eesti

발트의
길을__걷다

박혜선

많고 많은 곳 중에 발트3국으로 여행지를 정한 건 솔직히 그 이름 때문이었다. 발트해! 허리띠 모양의 하얀 섬들의 바다. 지중해는 너무 익숙했고 에게해는 확 당기는 무엇이 없었다. 그런데 발트해, 낯설지만 신선한 끌림이 있었다.

발트해, 강한 듯하지만 상큼한 느낌의 이 지명이 마음을 사로잡았다.

"발트3국? 거긴 어디야?"

발트3국으로 여행을 간다는 말에 제일 먼저 날아온 질문이었다.

"발트해가 있는 곳이야."

"아, 크로아티아?"

"거긴 발칸반도고 우린 발트라고 발트."

"거긴 또 어디야?"

"유럽에 있는 에스토니아, 라트비아, 리투아니아."

열에 일곱은 유럽에 그런 나라가 있었나 하는 표정이다. 나도 그랬다. 간신히 나라 이름은 알고 있었지만 라트비아의 수도가 리가Rīga인지 빌뉴스Vilnius인지 헷갈렸다. 제일 아래 남쪽에 있는 나라가 리투아니아인지 라트비아인지도 왔다 갔다 했다.

서점으로 달려가 여행 책자를 뒤졌다. 그런데 유럽 어디에 속해 있을까? 처음엔 동유럽 코너에서 찾았다. 독일, 체코, 헝가리……. 없다. 이번엔 북유럽에서 찾았다. 스웨덴, 노르웨이, 덴마크……. 그 어디에도 이 세 나라는 없었다. 뭐야? 얘네들 유럽의 왕따야?

문득 왜 따로 발트3국이라는 이름으로 불리게 되었을까 궁금해졌다. 발트해를 끼고 있어 그런 이름이 붙었다면 이웃의 핀란드, 스웨덴, 덴마크, 독일, 폴란드도 발트해를 끼고 있으니 발트8국으로 불려야 한다.

발트해 연안의 나라 중 제2차 세계대전 이전에는 발트4국이라 하여 핀란드도 여기에 속했다고 한다. 자기 나라 이름을 빼 달라고 목소리를 높이는 핀란드의 요구를 받아들여 지금은 발트3국이 된 것이다. 그런데 발트3국은 왜 세트 메뉴처럼 하나로 묶여 불릴까?

발트3국은 긴 세월 동안 자신의 이름을 갖지 못했다. 아니 이름이 있었지만 아무도 관심이 없었다. 덴마크, 독일, 스웨덴, 러시아 등의 강대국들이 주인으로 살았기 때문이다. 그들은 발트해를 건너와 아무 곳에나 깃발을 꽂았다. 깃발의 주인이 그 땅의 주인이었다. 자기 땅에서 다른 강대국들이 싸움을 할 때도 발트 사람들은 묵묵히 밀을 뿌리고 감자를 캐고 버섯을 땄다. 건장한 청년들은 강대국들의 싸움에 용병으로 나갔으며 부지런한 농부들은 그들의 음식이 될 곡식을 키웠다. 깃발의 주인들은 성을 짓고 감시탑을 만들어 발트 사람들의 부엌까지 훔쳐보았다.
이렇게 식민지라는 공통분모를 가진 세 나라는 제2차 세계대전 이후 소련이 발트해 연안의 식민지를 다스리면서 편의상 발트 3국으로 불렸다. 그러니 핀란드 입장에서는 발트의 '발' 자도 싫었을 것이고 발트국의 세트로 불리는 것은 더더욱 기분 나빴을 것이다.

러시아 상트페테르부르크에서 버스를 타고 에스토니아 탈린 Tallinn으로 들어섰다.

에스토니아에 있는 라크베레 성

발트의 길을 걷다

탈린! 느낌표를 붙일 만큼 나는 이 도시에서 참 많은 생각을 했다. 내가 만난 풍경은 모두 식민지의 역사였다. 덴마크인들이 처음 세운 도시 탈린은 '덴마크의 도시'라는 뜻이다. 다른 나라의 도시라는 뜻인 '탈린'이란 이름을 그대로 쓰고 있는 것이 의아했다. 그들을 감시하던 톰페아 성Toompea Loss이 있는 언덕에 올라 탈린 시가지를 내려다보았다. 과연 이 도시는 누구의 도시일까. 내 땅에서 주인으로 살지 못하고 노예처럼 살았던 발트 사람들의 삶에서 일제강점기 우리나라의 모습도 겹쳐졌다.

에스토니아에서 처음 본 라크베레Rakvere 성도 그랬다. 처음 이 성을 세운 건 덴마크였고 전쟁으로 부서진 성을 다시 세운 건 독일기사단이었다. 에스토니아의 최고 대학 타르투 대학은 스웨덴 국왕 아돌프가 세웠다. 시내 곳곳에는 러시아가 전쟁의 승리를 기념해 세운 러시아 장군 동상들이 아직도 남아 있다.

라트비아의 수도 리가는 또 어떤가? 독일 브레멘의 대주교 알베르트가 리가만에 배를 대면서 이 도시의 역사가 시작되었다. 그 후로 유럽의 상인들은 리가로 몰려들었고 발트의 중심 리가를 차지하기 위한 깃발 싸움은 여기에서도 치열했다.

발트 사람들은 성격이 좋은 걸까? 아니면 바보일까? 지렁이도 밟으면 꿈틀한다는데 그렇게 당했으면서도 왜 그 흔적을 그대로 두고 보는 것일까? 꿈틀대지 않는 그들에게 여행 내내 나 혼자 화를 내고 있었다.

하지만 리투아니아 빌뉴스에서 고개를 숙이고 말았다. 혼자 한 생각이지만 그 생각이 머물렀던 머릿속을 말끔히 헹궈 내고 싶을 만큼 부끄러웠다. 빌뉴스 광장 대성당 바닥에 머리를 박아도 싸다.

성당 바닥에는 리투아니아어로 스테부클라스Stebuklas라는 글이 적혀 있다. '기적'이라는 뜻이다. 1989년 8월 23일 발트3국을 하나로 이은 '발트의 길'을 알려 주는 표지석을 보는 순간, 나도 모르게 가슴이 뜨거워지기 시작했다.

'발트 사람들은 바보일까?'

이 말부터 취소하겠다. 그들은 누구보다도 현명했다. 바보처럼 강대국들에게 억눌려 숨죽이고 살았던 게 아니라 끊임없이 꿈틀대고 있었다. 그 증거가 바로 인간 띠로 이은 발트의 길에서 부른 노래 혁명이다.

거슬러 올라가 1939년 8월 23일 발트3국에는 무슨 일이 있었을까? 당시 이들을 지배하고 있던 독일의 히틀러와 소련의 스탈린이 비밀 협약을 맺었다. 히틀러는 폴란드를 갖고 스탈린은 발트3국을 나눠 갖자는 내용이었다. 누구 마음대로? 말도 안 되는 일

'발트의 길'을 알려 주는 표지석에 발을 모았다
발트3국을 가슴으로 만나는 진짜 여행의 시작이다

이었다. 그러나 세상일이라는 게 말도 안 되는 일이 자주 일어나기도 한다. 우리 또한 일제강점기 우리의 독립을 놓고 많은 강대국들에 처참히 찢기지 않았던가.

그날 히틀러와 스탈린의 말도 안 되는 비밀 협약으로 발트3국은 제1차 세계대전 후 아주 잠깐 되찾았던 자신의 이름을 다시 빼앗게 되었다. 독재자 스탈린은 독서광으로 사랑하는 연인에게 시와 편지를 바치던 문학청년이었다. 독일의 히틀러는 화가가 되고 싶었다. 그들이 정치가 아니라 원래의 꿈을 지키며 살았다면 어땠을까. 어쩌면 발트의 역사, 세계의 역사도 달라졌겠지. 발트의 길도, 노래 혁명도 일어나지 않았을지 모른다.

소련에 의해 강제 점령당한 그날로부터 딱 오십 년이 되는 1989년 8월 23일, 그들이 꿈틀거리기 시작했다. 가장 치욕스러운 날, 발트3국은 가장 뜨겁게 몸을 일으켜 세웠다. 저녁 7시 성당의 종소리에 맞춰 외친 이 말.

바바두스!
브리비바!
라이스베스!

서로 말은 달랐지만 그들의 외침은 단 하나, '자유'였다. 우리의

620km, 200만 명이 마주잡은 손으로 '자유'를 외친 '발트의 길'
유네스코 '세계 기억' 리스트에 등재되어 세계기록유산으로 보호받고 있다
ⓒ리투아니아 국회

자유를 훔치지 마라, 우리 땅에서 물러가라는 절규였다. 총이 아니라 마주잡은 손으로, 칼이 아니라 함께 부른 노래로 그들은 세상을 흔들어 깨웠다.

에스토니아 탈린에서 라트비아 리가, 리투아니아 빌뉴스의 지금 내가 서 있는 이 자리까지 620km를 이백만 명의 인간 사슬로 만든 물결이었다. 생각해 보라. 당시 발트의 인구는 육백만 명이었다. 삼 분의 일이 '발트의 길'에서 목 놓아 자유를 부르짖은 것이다. 아들의 손을 잡고 나온 아버지부터 지팡이를 짚고 나온 노인들, 아기를 업고 나온 아줌마, 고사리 손 한 뼘이라도 보태기 위해 '발트의 길'에 선 어린아이들까지. 그 뜨거운 외침이 세상 사람들의 귀를 열리게 했고 그 감동의 모습이 세상 사람들의 눈을 뜨겁게 했다.

'발트의 길'에서 독립과 자유를 외친 결과 마침내 1991년, 에스토니아, 라트비아, 리투아니아, 세 나라는 그 누구도 불러주지 않았던 자신의 이름을 지도에 새기고 자신들의 깃발을 자기 손으로 꽂았다.

'발트의 길' 시작점이자 마지막 도착점인 게디미나스Gediminas 성을 올랐다. 발을 내딛는 곳마다 그날의 발자국이 찍혀 있는 것 같았다. 그러고 보니 내가 여행하면서 만난 발트 사람들, 그들 모두가 그날의 주인공이었을 것이다.

탈린의 비루Viru 문 앞에서 사과를 팔던 할머니, 중세 복장을 하고 관광객들에게 그림을 그려 주던 리가의 늙은 화가, 트라카이 Trakai 성으로 가는 길에 블루베리를 팔던 아저씨, 그 옆에서 산딸기를 팔던 격자무늬 앞치마를 한 아줌마까지 오래전 발트의 길에서 자유를 외쳤을 것이다.

게디미나스 타워에서 리투아니아의 국기가 바람에 펄럭인다. 자신의 이름으로 다시 태어나 20대 청년이 된 발트3국, 그 펄럭임이 더 강하게 느껴지는 건 아직 젊다는 희망일 것이다.
1945년 8월 15일 그날, 우리나라에서도 저렇게 태극기가 펄럭였겠지. 울컥 눈물이 난다.

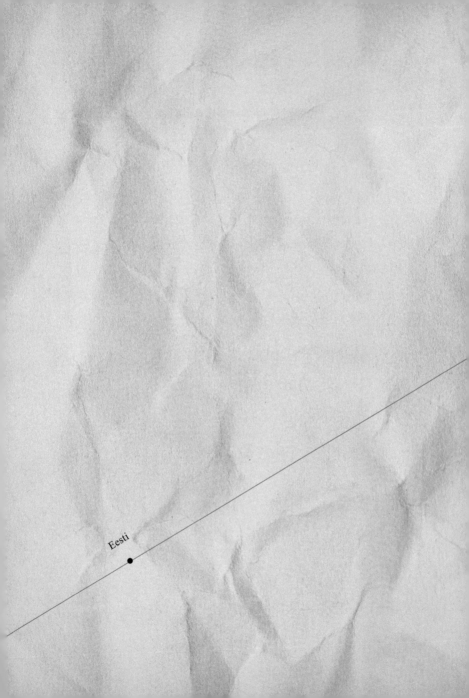

Eesti

어린__날의__우상

박혜선

광장을 걷던 아이가 걸음을 멈춘다.

"그런데 토마스 할아버지는 어디 있어요?"

아이가 엄마에게 묻는다. 엄마는 아이의 손을 끌어 높이 솟아 있는 팔각첨탑을 가리킨다. 첨탑 꼭대기에 풍향계가 보인다. 발트해에서 불어오는 바람 때문일까. 항구도시 탈린의 풍향계는 한 번도 멈춘 적이 없는 듯 빙그르르 움직이고 있다. 중세 건물이 숲처럼 동그랗게 모여 있는 광장 뒤로 휘어진 골목길이 있다. 골목을 따라 가로수처럼 이어진 건물 꼭대기에는 어김없이 풍향계가 돌아간다. 그래서일까? 탈린 광장에 서면 고개를 들어 하늘을 자주 보게 된다.

아이도 엄마의 손끝을 따라 고개를 든다.

"저기, 토마스 할아버지 보이지? 할아버지가 우리를 내려다보고 있어."

흐릿흐릿한 형체가 점점 눈으로 들어온다. 가을 하늘빛과 닮은 푸른 옷을 입은 토마스 풍향계다. 허리에 칼을 차고 한 손에는 금빛 깃발을 든 토마스 풍향계는 북유럽에 남아 있는 고딕 양식 건물 중 가장 오래된 구시청사 꼭대기에 있다.

"정말 저기 토마스 할아버지네. 할아버지, 안녕하세요?"

아이가 활짝 웃으며 이웃집 할아버지를 만난 듯 손을 흔든다.

토마스 할아버지는 왜 하늘 꼭대기 풍향계로 살고 있을까?

중세 탈린에서는 일 년에 한 번 활쏘기 대회가 열렸다. 가장 멀리, 가장 높은 곳에 있는 앵무새 조각상을 맞히는 대회였다. 일 등을 하는 사람에게는 큰 상과 함께 '활쏘기 왕'이라는 명예로운 이름이 붙여졌다.

"오늘의 일등은 이 앵무새를 맞히는 사람이겠군."

대회를 준비하던 관리가 가장 높은 자리에 마지막 앵무새 조각을 놓고 돌아섰다. 그때 탁! 하고 날아온 화살이 앵무새 조각을 넘어뜨렸다.

어린 날의 우상

구시청사 꼭대기에서 사람들을 내려다보는
토마스 할아버지 풍향계

"누구야? 대회가 시작되기도 전에 일등 앵무새를 넘어뜨린 녀석이."

가난한 소년 토마스였다.

활쏘기 신궁도 맞히기 힘들다는 일등 앵무새를 어린 소년이 맞히다니. 구경꾼들은 놀라 웅성거렸다. 큰 벌을 받을 줄 알았던 토마스에게 '성문지기'라는 상이 내려졌다. 토마스에겐 더할 나위 없이 명예로운 일이었다.

청년이 된 토마스는 수많은 전쟁에 참가했다. 거기서도 뛰어난 활쏘기와 용맹함으로 전쟁을 승리로 이끌었다. 큰 공을 세운 토마스는 평생 동안 편히 살 수 있었지만 다시 성문지기로 돌아왔다. 그리고 늙어 죽을 때까지 탈린의 성문지기로 살았다는 이야기다.

그것 때문에 탈린의 마스코트가 되어 풍향계로 살고 있을까? 아니다. 그 이유는 지금부터다.

성문지기 토마스는 아이들을 무척 좋아했다. 광장에서 놀던 아이가 넘어지면 달려가 일으켜 주고 우는 아이에겐 사탕을 주며 달래 주었다. 심심한 아이들에겐 전쟁에 나가 적을 물리친 이야기를 들려주고 혼자 노는 아이에겐 친구가 되어 주었다.

톰페아 언덕에서 내려다본 탈린 시가지

어린 날의 우상

아이들은 탈린 광장을 좋아했고 그곳엔 언제나 아이들에게 둘러싸인 성문지기 토마스가 있었다. 그러나 세월이 흐르고 흘러 토마스 할아버지는 죽고 말았다.

"토마스 할아버지는 어디 가셨어요?"

성문지기 토마스 할아버지의 모습이 보이지 않자 아이들은 이렇게 물었다. 머리를 쓰다듬던 할아버지 따뜻한 손이 그리웠다. 다정한 목소리도 듣고 싶었다. 아이들은 토마스 할아버지가 보고 싶어 울었다.

1404년 탈린 광장에 시청이 지어졌다. 건물 제일 높은 곳엔 어김없이 풍향계를 세웠다.

늘 그래왔듯 베드로에게 깨우침을 준 수탉 풍향계를 세워야 했다. 하지만 탈린 광장 시청 건물에는 특별한 풍향계를 세웠다. 바로 아이들의 영원한 친구이자 마음속의 영웅으로 자리한 토마스 할아버지의 모습을 한 풍향계였다.

"저기, 토마스 할아버지가 우릴 내려다보고 있어."

아이들은 토마스 풍향계를 보며 더 이상 울지 않았다. 그리고 할아버지가 지켜보는 광장을 뛰어다니며 어른이 되었다. 그 어른이 아이를 낳고 그 아이가 토마스 할아버지 풍향계를 보며 자라 다시 어른이 되는 동안 육백 년의 세월이 흘렀다.

그리고 지금 내가 낯선 여행객으로 이 자리에서 토마스 할아버

어릴 적 내 꿈은
문방구 아줌마가 되는 것이었다

어린 날의 우상

지를 올려다본다. 그 할아버지 얼굴 위로 또 하나의 얼굴이 겹친다. 뽀글 머리에 둥글넓적한 얼굴의 아줌마, 목이 늘어지고 무릎이 나온 추리닝을 입고 꾸벅꾸벅 졸던 아줌마.

어릴 때 내 꿈은 문방구 아줌마가 되는 것이었다. 내가 다니던 초등학교 교문 앞에 문방구가 있었다. 초등학교 이름이 '백원초등학교'여서 그 문방구도 '백원문방구'였다.

나는 학교를 갈 때마다 교문 앞에서 다짐을 했다. 태극기를 보며 국기에 대한 맹세가 아니라 문방구 간판을 보며 크면 꼭 문방구를 차리겠다는 다짐이었다. 신기한 물건에 새콤달콤한 불량 식품까지 없는 게 없는 문방구. 그때 나는 지우개에 빠져 있었다. 내가 쓰던 네모 지우개는 고무 냄새가 역하고 지우면 되레 공책을 찢어 먹었다. 그런데 새로 나온 지우개는 모양부터 달랐다. 지우개 동물원에 지우개 과수원이라고나 할까. 병아리, 고양이, 강아지 모양부터 바나나, 딸기, 수박까지 코끝에선 달콤한 향기가 났다.

그뿐만이 아니다. 문방구에 얼마나 빠져 있었던지 서울 친척집에 갔다가 이정표를 보고 환호성을 질렀다.

"우와 동대문구다!"

백원초등학교 옆 백원문방구도 아니고 서울에 있는 문구점(문방구보다 전문적인 느낌이 드는)은 얼마나 크고 많은 물건들이 있을까? 그 감동에서 채 벗어나기도 전에 버스는 서대문구를 지나고 있었다.

"우와, 이번엔 서대문구? 서울엔 정말 문구점도 많네."

그 자리에서 내려 당장 달려가고 싶었다. 한참 후에 그 이름이 문구점이 아니라 지명이었다는 걸 알고 얼마나 김이 빠졌는지……. 그렇게 궁전같이 신비로웠던 문방구, 들어가는 문만 있고 나오는 문은 없었으면 좋았을 그 문방구를 지키는 아줌마가 되고 싶었던 나는 끝내 꿈을 이루지 못했다.

누구에게나 마음속에 닮고 싶은 그렇게 되었으면 좋을, 자기만의 영웅이 있다.

"넌 커서 뭐가 될래?"

"우리 아파트 경비 할아버지."

"그런 거 말고 다른 거?"

"다른 거?"

"왜 있잖아 위인전에 나오는 인물. 스티븐 잡스나 빌 게이츠 같은 훌륭한 사람."

"경비 할아버지는 훌륭한 사람 아니야?"

꿈이 뭐니? 장래희망이 뭐야? 자라면서 수도 없이 받은 질문이다. 학교에서 집에서 때론 골목길에서 만난 동네 어른들도 크면 뭐가 될 거냐고 인사처럼 물었다. 그런 질문을 받을 때마다 잊었던 마음속 나만의 영웅과 만난다. 물론 어른들이 바라는 그런 영웅은 아니었을 것이다. 탈린 광장에서 놀던 아이들의 영웅이 성문지기 토마스 할아버지였듯 말이다.

어릴 때 내 마음속 영웅인 문방구 아줌마. 하고 많은 일 중 문방구 주인이며 하고 많은 사람 중 난 왜 그토록 문방구 아줌마가 되고 싶었던 걸까? 새로 나온 학용품이 좋아서?

이제 생각해 보니 아니었다. 언제나 싱글싱글 웃으며 아이들을 맞이해 주던 아줌마. 안 살 거면 나가라는 말 한 번 한 적 없는 아줌마. 문방구에 오래 있고 싶은 내 마음을 알고 부러 심부름까지 만들어 시켜 주던 아줌마. 지우개가 얼마나 좋으면 매일 와서 만져 보고 갈까? 남의 마음을 헤아려 주는 그런 사람이 되고 싶었던 것이다. 친절한 척하면서 돌아서서 욕하는 그런 사람이 아니라 한결 같은 마음을 가진 문방구 아줌마. 나는 문방구 아줌마가 되고 싶었던 게 아니라 문방구 아줌마 같은 사람이 되고 싶었던 게 맞는 것 같다.

그 아줌마가 정육점 아줌마였으면 나는 정육점 아줌마가 되고 싶었을 것이고 그 아줌마가 선생님이었다면 나는 그런 선생님이

탈린 톰페아 성에 있던 노점상
고무줄처럼 긴, 향 좋은 젤리를 판다

어린 날의 우상

되고 싶었을 것이다. 그리고 지금 그 비스무리한 아줌마가 되어 그렇게 웃으며 살아가고 있다. 골목길에서 만난 아이들에게 알고 지낸 사이처럼 먼저 말 거는 아줌마, 놀이터를 그냥 지나치지 못하고 그네 한번 슬쩍 밀어 주고 가는 아줌마, 길에서 넘어진 아이 일으켜 세우며 아픈 곳 어루만져 주는 아줌마, 아이스크림 먹고 있는 아이를 보면 맛있냐며 한입 얻어먹고 싶어 군침 삼키는 그런 아줌마가 되었다. 무거운 가방 메고 터덜터덜 힘없이 가고 있는 아이를 만나면 머리 쓰다듬어 주는 아줌마, 훌쩍거리고 있으면 토닥토닥 위로해 줄 줄 알고 땀 흘리며 뛰어노는 아이들 있으면 불러 시원한 물 한 잔 내어 주는 203호 아줌마로 살고 있다. 가끔은 이런 질문도 하면서.

"커서 어떤 사람이 되고 싶니?"

대통령? 의사? 선생님? 요리사? 연예인? 프로게이머? 다 좋다. 대통령이 되어도 토마스 할아버지처럼 자기 일에 책임을 다하는 대통령이면 된다. 의사가 되어도 토마스 할아버지처럼 남의 말을 진심 다해 들을 줄 아는 의사면 된다. 문방구 아줌마처럼 마음을 헤아릴 줄 아는 선생님이면 되고, 누군가에게 웃음을 주고 위로가 되는 연예인이면 된다.

마음속에 간직하고 싶은 나만의 영웅, 내가 닮고 싶은 영웅은 멀리 있는 별이 아니다. 책 속에 잠자고 있는 위인이 아니다. 언제

탈린의 골목길
평생 길 위에서 여행하며 살고 싶다

어린 날의 우상

나 내 가까이에 있다. 이 아줌마도 마음속에 그런 영웅이 함께
한단다, 라는 알 수 없는 말까지 덧붙이면서.

"아줌마는 커서 뭐가 되고 싶어요?"

"야, 아줌마는 어른이잖아. 다 컸는데 되고 싶은 거 없죠?"

천진스럽게 아이들이 묻는다.

그럴 리가, 아줌마도 되고 싶은 거 무지 많다, 사람들 웃기는 개
그우먼, 영화도 만들고 싶고 멋진 작곡가도 되고 싶고. 그리고 지
금처럼 평생 길 위에서 여행하며 살고 싶고 또⋯⋯.

그때 누군가 다급하게 나를 부른다.

"박혜선, 여기야. 그만 보고 빨리 와."

벌써 일행은 탈린 광장을 지나 카타리나 골목으로 접어들고 있
었다. 이런 또 꼴찌다.

"안녕히 계세요, 토마스 할아버지. 그리고 어린 날의 나의 우상
들도."

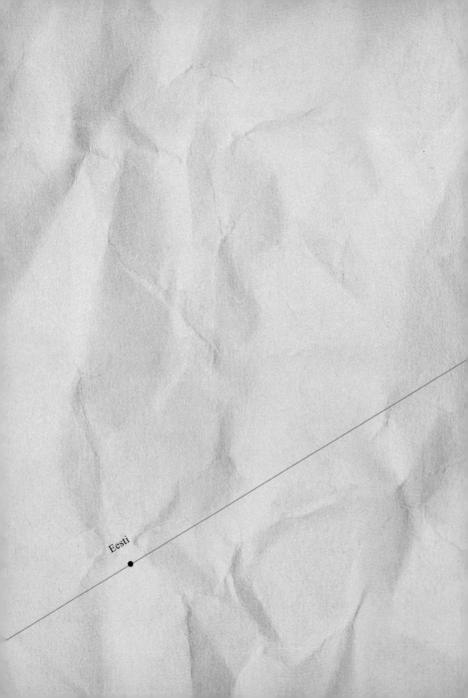
Eesti

마음을
건네는__방법
이묘신

꽃이다. 꽃을 든 아이들이 걸어온다.

탈린 톰페아 언덕에서 내려오다가 꽃을 든 아이들을 보았다. 교복을 입고 재잘거리며 걷는 세 아이의 모습이 밝았다. 약속이나 한 듯 모두 손에 꽃을 들고 있었다. 알록달록 예쁜 포장지에 싼 것이 아니라 신문지에 둘둘 만 듯한 아주 소박한 꽃이었다. 너무 예뻐서 카메라에 담았다.

다시 길을 가는데 젊은 남자와 남자아이가 걸어왔다. 가방을 대신 든 남자는 아빠처럼 보였다. 둘이 다정하게 웃으며 걸어가는데 아이 손에도 역시 꽃이 들려 있었다.

"여기 사람들은 꽃을 엄청 좋아하나 봐. 가는 곳마다 꽃 천지야."

"그러니까 하지 축제 때도 길에서 아무 꽃이나 꺾어 화관을 만들지."

일행 말에 꽃으로 축제를 벌이는 라트비아 하지 축제를 떠올렸다. 겨울이 긴 이곳 사람들은 낮이 가장 긴 날인 하지를 기념하기 위해 축제를 벌였다. 하지 축제 전에 핀 꽃은 특별한 기운이 있어 병을 낫게 해 준다고 믿었다. 그 꽃이 가족의 건강을 지켜 준다고 생각해 축제 기간 동안 꽃에 싸여 지낸다.

때마침 핀 꽃들이 화관이 되고 그 화관을 쓴 사람들이 모여 노래 부르고 춤추며 하나가 되는 하지 축제! 꽃을 보니 하지 축제를 이곳에 와서 직접 즐기지 못한 것이 아쉬웠다.

"아침에도 비루 문 앞 꽃집에 사람들이 많던데. 무슨 일 있나?"

갑자기 생각난 듯 일행 중 한 명이 말했다.

옆에서 우리 얘기를 듣고 있던 안내자가 웃었다.

"오늘이 9월 1일이잖아요. 개학하는 날이에요."

"개학 날?"

"네. 새 학년이 시작되는 거지요."

3월 새봄에 새 학년이 시작되는 우리와 달리 이곳은 9월에 새 학년이 시작된다.

마음을 건네는 방법

"그런데 꽃은 왜요?"

"아, 여기는 개학 날이 되면 꽃을 들고 학교에 가요. 방학 동안 보지 못한 선생님께 선물하는 거예요."

한 송이도 좋고 세 송이도 좋은데 꽃은 꼭 홀수로 한단다.

커다란 꽃다발이 아니라 몇 송이로 소박하게 감사의 선물로 드린다니……

9월 1일, 새로운 학기가 시작되는 날이라 개학은 더 의미가 크다. 5월 말부터 긴 방학에 들어간 아이들은 모두 학교가 개학하기 전까지 숙제 없이 내내 놀기만 한다. 그러다 보면 방학이 오히려 지루하게 느껴져 얼른 선생님과 친구들을 만나고 싶겠지. 그렇게 기다린 개학 날, 설레는 마음으로 학교에 가는 길이니 선생님께 드리는 꽃에도 진심이 가득 담겼을 것이다.

마음이 담긴 꽃을 받은 선생님은 얼마나 행복할까? 한 송이, 세 송이를 들고 들어서는 아이들이 있는 운동장은 또 얼마나 생기가 넘칠까? 마을 들판에서 꺾어 왔든, 정성스럽게 키워서 가져왔든, 꽃집에서 사 왔든 꽃의 수만큼 교실은 활기차고 꽃향기가 넘칠 것이다.

그 순간 국사 선생님이 떠올랐다. 나도 그 아이들처럼 꽃을 들고 설레는 마음으로 학교로 들어서던 때가 있었다.

국사를 좋아해서 선생님을 좋아한 건 아니었다. 그 선생님의 목소리가 참 좋았다. 선생님 입 밖으로 나오는 말들이 다정하게 속삭이는 것처럼 들렸다. 그래서 나는 국사 과목까지 좋아하게 되었다.

나는 우연히 선생님이 제일 좋아하는 꽃이 국화꽃이라는 것을 알게 되었다. 그때부터 내 눈엔 국화꽃밖에 보이지 않았다. 꽃집에 가도 다른 꽃은 제쳐 두고 국화꽃 먼저 찾았다. 흰색, 노란색, 보라색, 분홍색, 주황색…… 국화꽃이 그렇게 색깔도 많고, 크기도 다양한 줄 그때 처음 알았다.

'국화꽃을 사서 선생님께 드릴까?'

아낀 용돈으로 꽃을 사는 동안도 고민했다. 애들이 보면 어떻게 하지? 선생님이 이런 걸 왜 사 왔냐고 하면 뭐라고 하지?

하지만 이런 고민은 모두 접어 두고 월요일마다 몰래몰래 선생님 책상에 꽃을 꽂아 놓았다. 좋은 시를 연애편지처럼 써서 꽃병 옆에 살짝 놓아두었다. 내 이름을 쓸까 말까 고민하다 결국 써 넣지 못한 채.

가을이 돌아왔을 때 너무 좋았다. 꽃집에 가지 않아도 들국화가 지천으로 피어 있었다. 그래서 가을이 가는 게 너무 싫었다.

마음을 건네는 방법

그러던 어느 월요일, 아침 일찍 꽃을 꽂아 놓는다는 게 늑장을 부려 그만 들키고 말았다. 선생님이 꽃을 꽂는 나를 지켜보고 있었다. 얼굴이 달아올라 고개도 못 들고 교무실을 나왔다.

선생님은 아는 척하지 않았다. 나도 굳이 그런 선생님 앞에서 엽서도 내가 쓴 거라고 말하지 않았다.

"열심히 해라, 공부도 다 때가 있다……."

선생님이 우리 반 아이들에게 말했지만, 마치 나한테만 하는 말처럼 느껴졌다. 우리 반 아이들을 향해서 웃었지만 그 웃음도 나만을 위한 웃음처럼 느껴졌다.

그렇게 행복한 일 년이 지나고 졸업식이 다가왔다.

"잠깐 교무실에 들러라."

졸업식 날 선생님이 내민 건 앨범이었다. 그 당시에는 아주 귀한 선물이었다. 좋은 만큼 부끄러워 얼굴이 빨개진 나는 고맙다는 말만 겨우 했을 뿐이다. 그때 선생님이 내 등을 토닥이며 말했다.

"고맙다. 잘 가라."

이 말은 시처럼 짧았지만 소설처럼 긴 이야기가 들어 있는 것 같았다.

9월에 새 학년을 맞는 이곳 아이들의 마음도 내가 꽃을 꽂아 놓던 마음과 같았을 것이다. 아직도 꽃 한 송이로 행복한 개학 날

을 맞이하는 이곳의 전통이 소박하면서도 따뜻하다.

요즘 우리나라에선 꽃 한 송이도 눈치 보느라 선생님께 제대로 드리지 못할 때가 많다. 혹시라도 잘 봐달라는 부탁은 아닐까, 오해의 시선을 받을까 봐서다.

예전에는 정성이 들어간 선물을 많이 했다. 집에서 키우던 닭이 낳은 계란 한 꾸러미, 직접 짠 참기름, 꿀 한 병이 선물이었다. 농사지은 햅쌀, 감자, 고구마, 사과, 배, 대추……. 이런 건 마음 편히 줄 수 있고, 기쁘게 받을 수 있다. 그런데 어느새 선물이라는 말의 의미가 많이 퇴색되었다. 진정한 마음의 선물조차도 뇌물로 오해받는 세상에 우리는 살고 있다.

선물이란 마음을 나누는 것이다. 여행지에서 선물을 준비할 때면 참 행복하다. 사실 받는 사람의 취향을 생각하며 고르는 게 약간 신경 쓰이는 일이긴 하지만, 참으로 각별한 마음이 든다. 시간이 날 때마다 골목을 어슬렁거리며 눈에 들어오는 선물을 고른다. 시간이 빠듯할 때는 발품을 팔며 분주하게 여기저기를 뛰어다니면서 매의 눈으로 선물을 찾는다. 골목 상점을 들락날락하고, 구석의 허름한 가게에도 들어가 알뜰살뜰 잘 뒤진다. 그러다 보면 엄청 싼 가격에 마음에 쏙 드는 멋진 선물을 찾아낼 수 있다. 그땐 보물이라도 발견한 양 아주 신이 나 환호까지 하게 된다. 내 것이 아닌데도 내 선물이 쌓이는 것처럼 정말 기쁘다.

친한 지인들은 저마다 특별하게 아끼고 소중히 여기는 물건들을 하나씩 모으는 취미가 있다. 어떤 이는 스푼을 모으고, 어떤 이는 스노우볼을 모으고, 어떤 이는 편지 뜯는 칼을 모은다. 팔찌, 책갈피, 냉장고 마그넷을 모으는 이도 있다.

그들을 행복하게 해 줄 선물을 주고, 나는 취미로 모으는 나무 인형을 받기도 한다. 나를 생각하며 골랐을 사람의 마음까지 떠올리며 나무 인형들이 늘어나는 행복을 맛본다.

"자, 선물!"

불쑥 내미는 선물을 풀어 보기도 전에 무엇일까 궁금해하는 모습! 풀어 보고 기뻐할 모습! 그 생각을 하면 벌써부터 마음이 간지럽다. 미리 사진을 찍어 보내고 싶은 마음을 간신히 누른다.

발트를 떠나도 그곳을 떠올릴 수 있고 추억할 수 있게, 신중하게 선물을 고른다.

"시간이 지날수록 여행 짐이 줄어드는 게 아니라 오히려 늘어나네."

짐 가방을 챙기면서 투정 아닌 투정을 부린다. 여행지에서 산 선물에는 여행지의 추억이 오래 머무른다. 선물을 풀어 놓으며 여행 이야기를 덤으로 풀어 놓겠지.

또 꽃을 든 아이들이 걸어온다.

선생님께 드릴 꽃 선물을 들고 가는 것이겠지. 먼 훗날에도 아이들은 선생님께 드리던 꽃의 향기, 꽃의 느낌으로 그날을 선물로 기억할 것이다. 세상이 힘겹고 각박할 때마다 마음이 담긴 선물을 주고받은 일을 떠올려 보면 가슴 훈훈해지고 힘이 나겠지.

꽃을 든 아이들 모습이 환하다. 꽃 선물을 안고 걸어가는 아이들의 모습이 꽃처럼 아름답다.

Eesti

의자를__준비하세요

박혜선

"저기, 저 의자."

차이코프스키 의자를 찾았다. 합살루Haapsalu 프로메나데Promenade 해안에는 차이코프스키가 앉았다는 하얀 돌 의자가 있다. 정확히 말하면 차이코프스키는 한 번도 앉아 본 적이 없는 의자다. 1867년, 휴양을 위해 이곳 합살루를 찾은 차이코프스키가 발트해의 노을을 바라보며 앉았던 의자는 나무 의자였고 지금 내 앞에 있는 저 의자는 차이코프스키가 앉았던 그 자리를 기념해 1940년에 다시 만든 의자이다. 의자는 어른 다섯이 앉고도 남을 만큼 넓었다. 의자 등판에는 '교향곡 6번 비창' 악보가 그려져 있었다.

차이코프스키가 앉았던 나무 의자를 대신해 제작된
차이코프스키 의자

의자를 준비하세요

러시아의 음악가 차이코프스키는 에스토니아의 합살루까지 왜 왔을까? 이곳에서 발트해를 바라보며 무슨 생각을 했을까? 아버지 바람대로 법률 공부를 하고 법무부 서기관으로 일했던 차이코프스키. 종일 책상에 앉아 공문서를 끄적거리던 그에게 음표의 유혹은 강렬했으리라. 쉽고 편한 길을 박차고 자신이 하고 싶을 일을 선택하기까지 소심하고 내성적이고 여리기까지 한 차이코프스키는 얼마나 많은 갈등을 했을까? 또 음악에 대한 열정만큼 좌절도 컸으리라. 그래서 친구와 함께 이곳 합살루를 찾은 것이다. (차이코프스키는 동성애자라고 한다. 동성애자라는 소문을 잠재우기 위해 자신의 제자와 결혼을 하지만 결혼생활을 할 수 없었던 그는 부인에게 죄책감을 느끼며 우울증에 시달린다.) 그런 그에게 친구의 여동생 베라는 사랑을 고백했고 베라의 마음을 받아줄 수 없었던 자신을 자책하며 프로메나데 거리를 걸었을 것이다. 그러다 의자가 보이고 그곳에 덜썩 주저앉아 파도 한 점 없는 잔잔한 발트해를 오랫동안 바라보았을 것이다.

그때 그 의자에 앉아 베라에 대한 자신의 마음을 피아노 소곡으로 작곡했는데 그 곡이 차이코프스키 피아노곡 작품 2번 '합살루의 추억'이다.

추억? 나도 작정하고 이 도시에서 색다른 기억 하나는 건져 가야지 했다. 그래서 다른 도시보다 더 많이 걷고 더 많이 생각하고 더 많이 보기로 마음먹었다.

합살루의 첫 느낌은 단아하다, 고즈넉하다, 그래서 쓸쓸하다. 그랬다. 합살루는 에스토니아의 여름 도시라는 명성이 무색할 정도로 조용하고 한가로운 9월을 보내고 있었다. 모든 소리들이 멈춰 있는 듯 관광객들의 흥분된 목소리와 분주한 발소리만 크게 들렸다. 왠지 이 도시에선 여행의 흥분보다는 사색에 잠겨야 할 것 같았다. 우르르 몰려다니던 일행의 손을 놓고 혼자 이 가게, 저 가게 기웃거렸다.

관광객들을 위해 열어 놓은 가게는 칠백 년을 이어 온 고도시의 풍모답게 그저 덤덤해 보였다. 주인마저도 뭘 팔아 보겠다는 의지라곤 눈꼽만큼도 없어 보였다. 오는 갑다, 가는 갑다, 따로 잡아 이것저것 보여 주는 것도 없고 그렇다고 나가는 뒤통수에 대고 따가운 눈초리를 주지도 않았다. 그냥 열어 놓은 문으로 들어오는 바람처럼 대했다. 마음에 들었다.

허전한 팔목에 뭘 하나 채우고 싶어 가게를 기웃거릴 때마다 팔찌를 살폈다. 하지만 그런 액세서리는 포기해야 했다. 어딜 가나 나무로 깎은 물건들이 즐비했다.

의자를 준비하세요

사색의 도시 합살루
긴 세월이 배어 있는 나무 문도 사색에 잠긴 듯하다

1부 / 에스토니아

나무 스푼, 나무 책갈피, 나무 인형, 나무 열쇠고리, 나무 받침
대, 나무 도마에 나무 그릇까지. 차창으로 스친 들판의 무수한
나무들 중 몇몇이 그릇이 되고 숟가락이 되어 여기 이렇게 있으
리라 생각하니 그냥 지나칠 수가 없었다. 용도를 알 수 없는 하
트 나무 판과 스푼을 샀다. 기념품으로 아무에게나 줘도 괜찮을
만큼 앙증맞고 귀여운 것들이었다. 줄 사람이 없으면 집에 모셔
두고 볼 때마다 합살루에서 산 물건이지, 하며 떠올려도 괜찮을
것 같았다.

이정표를 따라가니 작은 정류장이 나오고 프로메나데 거리로
들어서는 골목길이 이어졌다.
여행을 하면서 유독 관심 갖는 두 가지가 있다. 하나는 이정표이
고 하나는 정류장이다. 낯선 지명의 이정표들은 내가 여행 중이
라는 걸 가장 선명하게 보여 주는 흔적들이다.
정류장은 그냥 보기만 해도 뭉클해진다. 버스로 이동하면서 절
대 잠을 자지 않는 이유도 이 때문이다. 정류장엔 어김없이 긴
의자가 있다. 그 의자에 누군가 앉아있는 모습이 좋다. 기다림이
라는 단어와 가장 잘 어울리는 풍경이다. 그 의자는 비어 있어도
좋다. 누군가 와서 앉을 의자라는 생각을 하면 의자 위에 시간
이 대신 앉아 있는 것 같다.

의자를 준비하세요

여행 중 항상 찾게 되는 이정표
여행하는 중이라는 걸 잊지 않게 해 주는 여행의 흔적이다

합살루에서 만난 아름다운 마을

의자를 준비하세요

특별한 표시가 없어도 갓길에 낡은 나무 의자가 있다면 거기가 정류장이다. 그 뒤로 어김없이 길이 있고 그 길 옆으로 들판이 있고 들판 사이사이 예쁜 마을이 있다. 나는 정류장을 지날 때마다 차를 타기 위해 마을을 나왔을, 또 차에서 내려 마을로 들어가는 사람들을 보는 게 좋다. 그들이 입은 옷, 머리 모양, 이고든 짐, 어느 것 하나도 놓치고 싶지 않다. 정류장을 지날 때면 제발 내가 탄 버스가 고장이라도 났으면 좋겠다 싶었다. 지나치는 정류장을 놓치지 않으려고 카메라 셔터에 손가락을 올리고 있는 그 순간의 떨림이 너무 좋다.

합살루로 가던 길에 어느 정류장에서 머리를 깡충 땋은 여자 아이와 엄마로 보이는 아주머니를 보았다. 빈손에 가벼운 옷차림인 걸로 봐서 버스로 돌아오는 누군가를 기다리고 있는 모양이었다. 그 사람은 누굴까? 아이의 아빠일까? 그 아빠는 어딜 다녀오는 걸까? 멀리 떨어져 있다 몇 달 만에 만나는 걸까? 버스에서 내려 집으로 돌아가는 들길에서 어떤 이야기를 주고받을까? 가족이 다 함께 둘러앉은 저녁상에는 어떤 음식이 오를까?

정류장은 그 공간에 있는 낯선 사람들의 삶을 상상하게 하고 만남과 떠남이 주는 뭉클함과 아련함을 함께 느끼게 해 준다. 그래서 난 버스를 타면 언제나 가는 방향 오른쪽 창가에 앉는다.

나무와 어우러지는 담장 없는 집
곳곳에 심어진 꽃들이 조화를 이룬다

의자를 준비하세요

골목길에서 누구라도 만나기를 기대하며 걸었다. 사람 구경이 하고 싶었다. 인구 십만이 되지 않는다고는 하지만 골목은 낯선 이방인이 채우고 정작 여기 살아가는 사람들을 구경하기란 쉽지 않았다. 괜히 남의 집을 힐끔거렸다. 마당에 흔들 그네가 있고 소꿉놀이 장난감이 화단 귀퉁이에 박혀 있었다. 시계를 보니 2시가 넘었다. 아이들이 학교에서 돌아오기엔 좀 이른 시간이다. 어라? 그러고 보니 담이 없다. 나무 벽에 나무 지붕, 나무 문에 나무 손잡이, 집이 그대로 한 그루의 나무처럼 우뚝 서 있는데 그것도 모자라 둘러 심은 나무가 담이고 꽃밭이 마당이고 창틀에 올려놓은 화분이 꽃창문이 되었다. 옆집 앞집 누구 집 마당인지 알 수도 없이 아기자기 예쁘게 꾸며 놓았다.

"유럽 사람들은 방 평수보다 꽃 심을 마당 평수 늘리는 걸 더 자랑스러워해요."

오스트리아를 갔을 때 들었던 말이다. 여기도 그런 것 같다. 이곳 사람들이 나무 한 그루, 꽃 한 송이 더 심을 마당을 넓히고 화단을 넓히는 동안 나는 한 평의 방을 넓히고 한 평의 집을 늘리는 데 애썼다. 그 시간이 멋쩍고 괜히 짠해져 얼른 자리를 떴다. 나도 여기서 살았다면 거실을 줄여 마당을 넓히고 방을 줄여 예쁘게 화단을 꾸몄을 테니까.

자기 집을 스스로 고치며 사는 사람들
이 둘의 모습을 '지붕 위에 핀 웃음'으로 기억한다

의자를 준비하세요

골목 끝에서 드디어 사람을 만났다. 아니 보았다. 아버지와 아들로 보이는 청년이 집을 짓고 있었다. 벽이 완성되고 지붕 뼈대에 나무판자를 덧붙여 뾰족지붕을 만들고 있었다. 이 도시 사람들은 건축가가 따로 없는 듯 자기 집을 자기가 짓고 고쳐 살고 있었다. 그들 부자는 관광객들의 두런거림이나 카메라 셔터 누르는 모습에도 개의치 않고 묵묵히 자기 일을 했다. 여기서도 바람 취급이다.

일행의 꼬리를 따라가던 나는 눈으로 그 모습을 담았다. 햇살에 눈이 부셔 손 그늘을 만들었더니 인사를 하는 줄 알았나 보다. 나무 판을 옮기던 청년이 손을 흔들며 웃어 주었다. 멋쩍게 씩 웃는 그 청년의 그을린 얼굴, 일단 합살루의 추억 하나는 건졌다. '지붕 위에 핀 웃음'으로 기억해 두기로 했다.

눈앞에 '작은 호수'라는 뜻의 베이케 비크Väike Viik가 펼쳐졌다. 말뜻 그대로 호수처럼 잔잔하고 아늑했다. 늪지여서 그런지 물풀이 떠 있고 갈대가 푸릇푸릇 바람에 일렁였다. 우리나라 우포늪 같은 분위기라고 할까? 그냥 동네 호숫가를 산책하는 기분마저 들었다.

의자를 준비하세요

아기자기한 해안선을 끼고 산책로가 있는데 이 길이 프로메나데 거리다. 길은 바다와 장미 정원을 경계처럼 갈라놓았지만 장미향은 바다의 경계를 너머 진하고 진하게 퍼졌다. 휴양도시답게 볼링장도 있고 야외 음악당도 있고 요양 시설에 멋진 레스토랑까지 그리고 그 주변으로 호텔이 있었다. 거리마다 놓여 있는 의자도, 그리고 그 의자 중에 바로 이 거리를 찾게 만든 차이코프스키 의자가 있다. 의자 주변엔 관광객들이 차례를 기다리며 사진을 찍고 있었다.

"차이코프스키가 마지막으로 연주한 곡이 뭔 줄 아시죠? 비창이라는 부제가 붙은 교향곡 6번을 초연하고 9일 후에 콜레라로 사망했다고 합니다. 그래서 이 의자에 비창 악보가 새겨져 있는 거지요."

누군가 차이코프스키의 생애와 음악을 이야기했다. 공식적 죽음은 콜레라지만 그의 죽음에는 수많은 추측들이 오갔다. 부러 오염된 물을 마시고 콜레라에 전염되었다고도 하고 동성애자라는 사실을 부끄러워한 주변 친구들이 그에게 자살을 강요했다고도 한다. 당시 야심차게 내놓은 비창 교향곡이 사람들의 관심을 받지 못하자 우울증과 신경쇠약으로 음독자살을 했다는 말도 있다. 어쨌든 그의 죽음은 탈수와 설사로 인한 콜레라가 아니라 그 증상과 비슷한 비소중독이었음이 밝혀졌다.

의자를 준비하세요

그러니 스스로든 다른 이유에서든 죽음을 선택할 수밖에 없었던 그의 마지막이 아름답지만 슬픈, 화려하지만 애잔한 그의 음악과 닮을 수밖에 없다.

음악이든 문학이든 모든 예술의 뿌리는 자기 삶에서 출발한다. 이곳에서 작곡했다는 '합살루의 추억'도 그때의 자기 마음을 그대로 옮겨 놓은 차이코프스키의 또 다른 내면이었을 것이다. 밝고 경쾌한 피아노 선율은 사랑에 대한 설렘이, 격렬하게 휘몰아치는 악상은 베라의 사랑을 받아들일 수 없는 자책과 갈등이 표현되었을 것이다. 한동안 슬프고 우울한 음이 이어지다가 다시 고요와 평화가 느껴지는 부분에서는 어쩌면 이 의자에 앉아 발트해를 바라보는 시간이었을 지도 모른다.

나도 그 자리에 앉아 오래전 차이코프스키가 바라본 발트해를 보았다. 그가 이 자리에서 했던 수많은 생각들을 더듬어 보다가 문득 의자에 시선이 머물렀다.

의자라는 게 그렇다. 서 있던 다리를 뉘게 하고 들썩거리던 생각을 잠재우고 마음을 편히 가다듬어 고요를 얻는 순간이 의자에 앉는 시간이다. 프로메나데 거리를 방황하던 차이코프스키가 이 의자에 앉았을 때는 모든 갈등과 방황들이 잔잔해졌으리라.

합살루에는 의자가 많다
발트해를 바라보며 위로받을 수 있는 공간이
그만큼 많다는 의미다

 '북팝'에 위 사진을 비치면 유투브로 연결된 '합살루의 추억'을 들을 수 있다.

의자를 준비하세요

풀풀 날아가던 나비가 앉은 돌이 의자가 되고 나뭇가지가 새의 의자가 되었을 때 돌은 위안이며 나뭇가지는 위로가 되듯 차이코프스키의 의자도 그러했을 것이다.

그러고 보니 프로메나데 거리에는 정말 의자가 많다. 정류장의 의자처럼 누군가가 앉아 주기를 기다리는 의자, 혼자 앉아도 운치 있고 여럿이 앉아도 넉넉한 하얀 나무 의자가 길마다 놓여 있다. 몸과 마음이 지친 사람들이 찾는다는 위로와 휴식의 도시 합살루는 그래서 의자가 많은 걸까?

여행도 그렇다. 바쁘고 지친 삶에 내놓은 의자 같은 것인지도 모르겠다. 그 의자를 남이 내어 주길 기다리지 말자. 소중한 나를 위해 스스로 의자 하나 준비해 두자.

나는 내가 준비한 의자에 앉아 합살루의 추억을 듣고 있다. 아, 9월의 바람과 9월의 햇살이 반짝이는 이곳 프로메나데 거리가 너무 좋다. 잊지 않고 두고두고 꺼내 볼 합살루의 두 번째 기억은 바로 '내가 앉아 있는 프로메나데 거리의 이 의자'로 정했다.

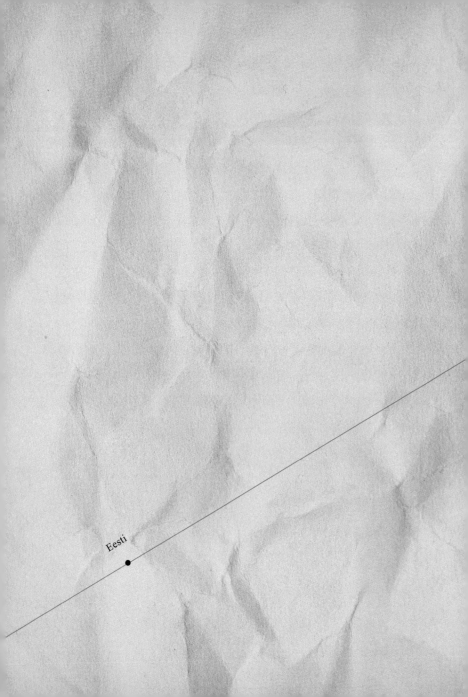

Eesti

길__위의__시인

이묘신

에스토니아 제2의 도시 타르투Tartu에는 유명한 대학이 있다. 1632년, 스웨덴 국왕이었던 아돌프 2세 구스타프Gustav II Adolf가 세운 대학이다. 북유럽 최고의 대학 중 하나이며 에스토니아에서 가장 오래된 대학! 발트3국을 통틀어 최고의 명문대! 이렇게 거창한 수식어를 가지고 있는 대학이 바로 타르투 대학이다.

그런데 스웨덴 국왕이 왜 에스토니아에 대학을 세운 걸까?

16세기 초, 리보니아는 평화의 시대를 누렸다. 하지만 1558년부터 1626년까지 진행된 러시아, 리보니아, 리투아니아—폴란드 연합국, 스웨덴, 덴마크 등이 참가한 전쟁으로 인해 온 국토가 전쟁터로 변했다.

폴란드와 스웨덴은 리보니아에서 러시아를 몰아내고 폴란드는 에스토니아 남부를, 스웨덴은 북부를 차지하며 전쟁은 마무리되었다. 북부를 차지한 스웨덴은 에스토니아 문학의 발전을 위해서도 힘을 기울였다. 그때 타르투에 대학을 설립하게 된 것이다.

타르투 대학으로 들어가려고 발길을 옮길 때마다 사람만큼 자주 만나는 것이 동상이다. 한 살배기 아들과 아버지가 같은 인격체라는 것을 말해 주려는 듯 키를 똑같이 만든 '아버지와 아들' 동상, 시청 광장 분수대에 세워져 타르투의 상징이 된 '키스하는 학생' 동상도 만난다. Wilde라는 성의 스펠링이 같아 만난 적도 없는 타르투 출신의 문학가 에두아르드 빌데Eduard Wilde와 영국 최고의 극작가 오스카 와일드Oskar Wilde가 마주보는 동상도 재미있다.

에스토니아의 독립을 위해 싸우다 죽은 무명용사나 문학가, 학자, 심지어는 책 속의 주인공도 동상으로 만난다. 이 나라 사람들은 자나 깨나 동상을 만들 궁리만 하나? 문득 이런 엉뚱한 생각까지 든다.

과거 타르투 대학이 있던
거리의 모습을 그려 놓은 건물 벽

ⓒ위키피디아

길 위의 시인

오른쪽으로 접어들자 타르투 대학이 보이고 벽면 가득 채운 그림이 들어온다. 과거 타르투 대학이 있던 거리를 그려 놓은 것이란다. 그림 속 풍경도 지금처럼 활기차고 자유가 느껴진다. 많은 동상과 벽화가 있는 타르투는 마치 거대한 야외 전시회장 같다. 학교 뒤편에 있는 언덕을 오른다. 오른쪽으로 부서져 뼈대만 남은 건물이 보인다. 원래는 성당이었는데 일부는 박물관으로 쓰고 일부는 전쟁 때 무너진 채로 두었다가 지금은 복원 중이라고 한다. 무너진 성벽 앞에 서니 나도 모르게 엄숙해진다.

"누구지?"

지금까지 본 동상과는 좀 다르다. 훤칠하게 잘 생긴 외모, 마른 듯 호리호리한 체격에 겅중한 키, 흘러내리듯 긴 코트를 입고 있다. 오른손에는 지팡이를 쥐고 왼손에는 책을 들고 있는 모습이 그동안 보던 단정한 차림의 동상과 다른 느낌이다. 책과 지팡이라? 어울리지 않는 것 같으면서도 뭔가 특별해 보인다.

'청년이 왜 지팡이를 짚고 있을까? 혹시 마법사? 저 책에는 마법의 주문이 적혀 있을지도 몰라.'

이런 생각을 하며 동상 앞 표지석을 본다.

Kristjan Jaak Peterson 1801~1822

길 위의 시인

1801년에 태어나서 1822년에 사망. 겨우 스물한 살의 나이에 생을 마감한 것이다. 그 짧은 생을 사는 동안 무슨 일을 했길래 동상으로 서 있는 걸까? 한참 뜻을 펼칠 나이에 죽은 그의 인생이 자꾸 궁금해진다.

크리스티안 야아크 페터르손. 그는 에스토니아 현대문학의 대표 시인이다. 그는 타르투 대학의 학생이었다. 그가 타르투 대학의 학생이 될 수 있었던 건 축복이었다. 당시 타르투 대학은 이곳을 다스리던 독일의 귀족 자제들만 다닐 수 있는 학교였다. 독일의 힘이 약해지고 제정러시아 쪽으로 권력이 옮겨 가면서 소작농으로 살았던 농노 자식들에게도 특권이 주어졌다. 이런 특권은 그에게도 주어졌다. 그는 어머니의 고향인 이웃 나라 라트비아 리가에 살았다. 공부가 너무 하고 싶어 리가에서 200km도 넘는 에스토니아 타르투로 공부하러 온 것이다.

우리나라로 치면 서울에서 전주쯤 될까? 지금은 버스로 세 시간이면 갈 수 있는 거리지만, 교통이 불편했던 그 시대에는 아주 먼 거리였다. 가난한 그는 고향을 오갈 때도 이 먼 거리를 걸어서 다녔다. 매일 걸어서 통학한 것은 아니지만 공부를 하러 다니기에는 열악한 환경이었다. 이것을 보면 배움에 대한 열정이 얼마나 컸는지 알 수 있다.

타르투 대학은 침략과 전쟁으로 휴교와 개교를 거듭했다. 1700년대 러시아와 리보니아 사이에 있던 북부 전쟁으로 학교는 문을 닫았다. 그러다 1802년에 다시 문을 열었다.

그는 대학에서 종교와 철학을 공부하며 교육학과 언어에도 큰 관심을 가졌다.

"넌 몇 개 국어를 해?"

이렇게 물어보면 16개국 말을 했다고 하는데 확실하진 않지만 그만큼 언어에 뛰어난 재능이 있었음을 알 수 있다.

학교가 문을 열고 독일어로 다시 강의가 시작되었다. 타르투 대학 학생들은 독일어로 배웠다. 이 당시 에스토니아 사람들도 강대국의 지배를 받아서 독일어를 썼다. 하지만 크리스티안 야아크 페터르손은 에스토니아어로 시를 썼다. 그는 아름다운 에스토니아의 풍경을 노래하고 에스토니아 사람들의 마음을 시로 옮겼다. 그 결과 에스토니아의 대표 서정 시인으로 인정받았다.

하지만 그는 이 년 만에 공부를 중단하고 고향으로 돌아가야 했다. 집에서 더 이상 학비를 보내 주지 못했다. 게다가 결핵으로 몸도 약해져 공부를 계속할 수 없는 상황이 되었다. 병든 몸을 이끌고 고향으로 돌아가 죽음을 맞이했다. 몸이 약해질 대로 약해지기도 했겠지만 한순간 꿈을 잃은 상실감 때문에 더 빨리 목숨을 잃었는지도 모른다.

배움을 다하지 못하고 죽은 그의 동상을 바라보는데 가슴이 찌르르 아파 왔다. 어머니의 마음으로 바라보며 생긴 애련함 때문일까?

아이를 키우면서 가끔은 자신의 꿈을 아이에게 투영하려는 부모를 본다. 그러면서 나는 어떤가, 하는 생각이 든다. 나는 아이들의 꿈이 확고하다면 믿고 기다려 줄 준비가 충분히 되어 있다. 배움에 대한 열정으로 노력하는 아들의 모습을 본 그의 엄마 역시 나와 같은 마음이었을까? 그래도 그는 자기가 좋아하던 일을 했으니 행복하지 않았을까? 그렇게 생각하면 그나마 위로가 된다. 크리스티안 야아크 페테르손이 죽은 지 한참이 지나고, 에스토니아어로 쓴 그의 시가 기록보관소에서 발견되었다. 많은 학자들이 그의 시를 연구하기 시작했다. 연구 결과는 정말 놀라웠다.

에스토니아는 13세기부터 1918년까지 외국의 지배를 받아 이 시기에 에스토니아어로 쓰인 문학 작품이 거의 없었다. 그런데 에스토니아어로 쓴 시가 발견된 것이다. 그것도 서정시를 노래하고 목가적인 풍경을 고스란히 담은 시, 철학이 담긴 시는 읽는 사람들의 가슴을 적셔 주었다. 에스토니아어로 쓴 그의 시는 문학성을 넘어 이 시기 에스토니아어를 연구하는 데도 중요한 자료가 되었다. 에스토니아어를 연구하게 만들고, 사라진 시간의 틈을 연구할 수 있게 큰일을 해낸 것이다.

에스토니아 사람들은 그를 에스토니아 시의 창시자라고 부르며 그가 태어난 3월 14일을 '모국어의 날'로 정했다. 시를 통해 에스토니아 사람들은 자기 나라 말에 대한 애정을 갖게 되었다.

하나의 문학 작품이 그 시대에 미치는 영향은 대단하다. 크리스티안 야아크 페터르손은 에스토니아 문학사에 매우 중요한 역할을 했다. 지금도 에스토니아 사람들은 동상 앞에 꽃을 놓고 그를 최고 시인으로 기린다. 그의 시가 잃어버린 역사를 알게 했고, 잃어버린 모국어의 전통을 이어 가게 만들었다. 지금도 시 한 편으로 에스토니아 사람들의 가슴에 뜨거운 감동을 선물하고 있는 것이다.

멋과 낭만이 느껴지는 동상의 도시 타르투에서 버스를 타고 라트비아 리가로 달린다. 버스로 달리는 이 길은 크리스티안 야아크 페터르손이 학교에 다녔던 길일 것이다. 그는 자작나무 숲을 뚜벅뚜벅 걸어 학교에 가고, 집으로 돌아갈 때 사슴과 곰을 만나기도 했으리라. 호밀밭을 가꾸는 농부들도 봤을 것이며 꽃이 무리 지어 핀 길도 걸었을 것이다.

길에서 만난 온갖 풍경에 영감을 받아 시를 썼겠지? 또 시를 쓰며 가족들을 떠올렸을 것이다.

그가 걸었을 길을 계속 달려간다. 부슬부슬 비가 내리고 바람도

불어온다. 그를 기리기 위해 세워진 동상과 점점 멀어지며 그의
고향 리가와 점점 가까워지고 있다.

크리스티안 야아크 페터르손이 고향으로 돌아가며 자신의 마음
을 노래한 시 하나를 옮겨 본다. 〈부모님을 만나러 타르투에서
리가로 가는 길에〉라는 시이다. 이 시를 읽고 있으면 그가 갔던
길이 그림처럼 떠오르며 마음 한구석이 짠해진다.

우리의 땅, 이제 안녕!
꽃들이 피는 나무 그늘 아래
새들이 지저귀는 자작나무 숲을
나는 걷지 못할 것입니다

나의 늙으신 부모님,
종종 이 잔잔한 물가에 앉아
당신을 생각했었죠

지금도 당신의 백발은
낮이 환한 때
낮의 눈이 큰 창조주의 품에 안길 때
내 기억 속에 있습니다

길 위의 시인

사랑하는 아버지!
어머니, 형제 자매여!
이제 여러분 곁으로 갑니다

우리의 땅, 이제 안녕!
더 아름다운 날들이
나의 늙으신 부모 집에서
내게 빛나리!

02

라트비아

수도: 리가(Rīga)
언어: 라트비아어
주요 도시: 다우가우필스(Daugavpils), 리예파야(Liepāja)

Latvija

해학으로
빚은__집

오미경

드디어 리가다. 아름다운 탈린을 두고 떠날 때의 아쉬움은 어느 새 리가에 대한 설렘으로 바뀌었다. 발트의 진주! 동유럽의 파리! 얼마나 아름답기에 이런 별명이 붙었을까? 괜히 그럴듯한 이름을 붙여 놓는 건 아닐까? 리가에 발을 들여놓은 순간 그런 의구심은 총구를 벗어난 총알처럼 순식간에 날아갔다. 리가에 붙은 별명은 과장이 아니었다.

리가는 도시 한가운데를 가로지르는 다우가바Daugava 강을 중심으로 구시가지와 신시가지로 나뉜다. 구시가지에 즐비한 건물들에는 중세 무역 중심지로서 화려한 명성을 날리던 영화로운 시간이 고스란히 투영되어 있다.

리가의 영화로운 시간이 고스란히 투영된 검은머리전당

해학으로 빚은 집

12세기까지만 해도 어업과 목축 중심으로 소박했던 리가는 13세기 초, 독일의 알베르트 대주교가 이곳을 무역 거점 도시로 만들면서 경제적으로 눈부신 성장을 이루었다. 구시가지에 어깨를 맞대고 늘어서 있는 파스텔 톤의 화려한 건물들은 바로 그때의 모습을 거울처럼 비춰 준다. 탈린의 구시가지가 단정하고 기품 있는 턱시도 차림의 남성적 이미지라면, 리가의 구시가지는 화려한 드레스 차림의 여성적 이미지가 강했다.

자그마치 팔백여 개의 아르누보 양식 건축물이 줄지어 서 있는 리가 구시가지로 들어서니, 우아한 드레스를 입고 멋진 모자에 온갖 장신구로 치장을 한 여자들로 가득 찬 무도회장에 온 느낌이었다. 당시 유럽에서 유행하던 이탈리아 건축양식을 따르지 않고 장식이 많은 아르누보 양식을 따라 지은 탓이다. 새로운 예술, 아르누보! 삶에서도 예술에서도 새로움은 늘 활력을 준다.

시청 앞 광장 가에 붉은색 옷을 입고 서 있는 아름다운 검은머리전당, 첨탑 높이가 123m나 되어 리가 어느 곳에서도 볼 수 있는 피터(베드로) 성당, 거대한 파이프 오르간으로 유명한 돔 성당, 나이 차가 각각 백 살 넘지만 의좋은 형제처럼 다정하게 어깨를 맞대고 서 있는 삼형제 건물…….

구시가지에 들어서자마자 한 발 한 발, 발을 떼기가 아쉬울 정도로 아름다운 건축물들이 발길을 잡아끌었다.

삼형제 건물을 지나 구시가지의 성곽을 따라 걸으니 아치형 문 하나가 나왔다. 바로 스웨덴 문이다. 문 양쪽 벽엔 대포가 거꾸로 박혀 있었다.

17세기, 스웨덴이 라트비아를 지배하던 폴란드와의 전쟁에서 승리한 뒤 그것을 기념해 세운 것이다. 더 이상 필요 없다는 의미로 대포를 거꾸로 세워 놓았지만, 아이러니하게도 얼마 뒤 러시아와 다시 전쟁이 일어났고 스웨덴은 그 전쟁에서 졌다. 그때 러시아 군은 스웨덴 병사와 사랑에 빠진 라트비아 처녀를 처형시켜 스웨덴 문 벽체에 매장했다고 한다. 사랑이 무슨 죄라고!

스웨덴 문을 지나는데 마침 악사가 그 앞에서 전통 악기를 연주하고 있었다. 슬픈 전설이 주문을 건 걸까? 악기에서 흘러나오는 노랫가락이 마치 구슬프게 흐느끼는 여인의 울음소리처럼 들렸다.

스웨덴 문을 지나 길을 따라 걸으니 광장이 나왔다. 리부 광장 Livu Laukums이다. 노천카페들이 즐비한 광장은 유럽 광장 특유의 여유로움과 낭만으로 가득했다.

광장으로 들어서자마자 슬픈 사랑의 전설에 먹먹했던 가슴은

대포를 거꾸로 세워 놓은 스웨덴 문
스웨덴이 폴란드와의 전쟁에서 승리한 것을 기념해 세웠다

스웨덴 문 앞의 악사
슬픈 사랑의 전설 때문인지 연주 소리가
여인의 울음소리처럼 들린다

해학으로 빚은 집

어느새 스르르 풀렸다. 광장엔 묘한 마력이 있다. 마음을 조이고 있던 나사들이 저절로 느슨하게 풀어지는 느낌이랄까? 그저 한가로이 거닐거나 커피나 맥주를 시켜 놓고 노천카페에 앉아 광장 풍경의 일부가 되는 맛! '이보다 좋을 순 없다', 딱 그렇다. 날선 각은 저절로 깎여 둥글둥글해지고 굳은 마음은 이른 봄 개울물에 낳아 놓은 개구리 알처럼 말랑해져, 그다지 웃기지 않는 썰렁한 농담에도 고개를 뒤로 젖히고 목젖이 보일 만큼 화끈하게 웃어 줄 수 있을 것 같다. 광장은 그런 넉넉함과 여유로움을 가져다준다.

리부 광장 주변에는 파스텔 톤의 멋진 건물들이 많다. 중세에 길드들이 지어 사용하던 건물들이다. 그 가운데 놓치지 말고 꼭 보아야 할 건물이 하나 있는데, 바로 캣 하우스다. 연노란색 건물로 특별하지 않아 그냥 지나치기 쉽지만, 원추형 지붕 꼭대기에 눈길을 잡아끄는 조각상이 있다. 네 다리를 모으고 등을 곧추세우고 있는 고양이다. 바로 이 조각상 때문에 캣 하우스라는 이름이 붙었다.

고양이 조각상이 특이한 캣 하우스, 건축물에 유머가 스며 있다

해학으로 빚은 집

꼬리를 하늘 높이 추켜올린 모습은 눈앞의 적을 향해 당장이라도 달려들 기세다. 풍향계 역할을 하는 수탉 조각은 리가의 건물에서 흔히 볼 수 있지만 고양이는 몹시 낯설다. 게다가 등을 잔뜩 곤추세우고 엉덩이를 훤히 드러내 보인 모습이 몹시 수상쩍기까지 하다. 아니나 다를까, 고양이 조각상에는 재미난 이야기가 서려 있었다.

리가는 중세 때 무역 활동이 활발한 도시였고, 리부 광장은 바로 그 시기에 길드의 중심지였다. 그래서 그 주변에는 지금도 중세 상인들의 길드 건물이 많이 남아 있다. 길드는 독일 부유 상인들 중심의 대길드와, 라트비아의 소상인과 장인들 중심의 소길드로 나뉜다. 대길드는 규모가 크고 그만큼 행사할 수 있는 권력도 컸다. 당시 돈을 무척 많이 번 라트비아 상인이 대길드에 들어가기를 원했는데 대길드에서 그를 받아 주지 않았다.
자존심이 상한 상인은 대길드 건물 앞에 건물을 지었고, 보란 듯이 지붕 꼭대기에 고양이 한 마리를 조각해 붙였다. 발칙하게도 엉덩이를 대길드 건물 쪽을 향한 모습으로. 상인은 고양이 조각으로 소심한 복수를 한 셈이다. 그런데 이 복수가 제대로 먹혔다. 대길드에서는 이 발칙한 고양이 때문에 화가 단단히 났고, 결국 재판까지 가게 되었다.

그 결과, 고양이를 돌려세우는 조건으로 그 상인은 대길드에 들어갈 수 있게 되었다. 이건 숫제 권투 선수가 주먹 한 번 휘두르지 않고 얼굴 표정이나 몸짓 하나로 상대를 자극해 넘어뜨린 꼴이다.

'흥! 대길드라고 잔뜩 폼 잡고 으스대는 꼴이란! 어디 두고 보라고! 내가 당신들에게 멋진 선물을 하나 해 줄 테니.'

그 상인은 건물에 고양이를 만들어 세우고 나서 부글거리는 속이 조금은 뚫리지 않았을까? 어디 그뿐인가? 그토록 원하던 걸 손에 쥐기까지 했으니 일석이조인 셈이다. 복수를 어찌 할까 곰곰이 생각에 빠진 상인의 모습을 생각하니 웃음이 절로 난다.

캣 하우스에 얽힌 재미있는 이야기를 들으면서 오버랩되는 것이 있었다. 바로 강화도에 있는 절 전등사에 얽힌 이야기이다. 전등사 대웅전의 처마는 장식이 정교하고 화려하기로 유명하다. 처마의 네 귀퉁이에 매우 특이한 조각이 있는데, 발가벗은 여자가 웅크리고 앉아 손으로 지붕을 떠받치고 있는 모습이다. 경건한 절에, 그것도 부처님을 모시는 대웅전에 벌거벗은 여자 조각이라니! 이 여자는 어쩌다 이렇게 벌거벗은 채 쪼그리고 앉아 대웅전 지붕을 떠받치고 있게 된 걸까?

해학으로 빚은 집

대웅전을 지을 때, 전체 일을 도맡은 도목수가 있었다. 집을 떠나 오랜 시간 사람들 거느리고 큰 공사를 진두지휘하자니 외롭고 고달팠을 것이다. 도목수는 고된 하루 일을 마치고 나서 참새가 방앗간 찾듯이 주막에 들렀다. 주모와 함께 술잔을 주거니 받거니 하면서 하루의 피로도 풀고 객지에서의 외로움도 달랬을 것이다. 아마 은근한 눈빛에 탁주처럼 진한 농도 주고받았으리라. 큰 절을 짓는 공사니 오래 걸렸고, 오랜 시간 들락거리며 얼굴을 맞대다 보니 주모랑 그만 정이 들었다. 일이 끝나고 나면 주모랑 회포 풀 생각에 나무를 다듬고 망치질하는 팔에 힘이 불끈불끈 솟았을 것이다. 그런데 이걸 어쩌나! 주모는 주막에 드나드는 남정네들한테 술을 팔면서 닳고 닳았던 것일까? 도목수의 돈보따리를 들고 튀어 버렸다.

도목수는 얼마나 부글부글 속이 끓었을까? 주막에서 주모와 노닥거리다 그 꼴을 당했으니 누구한테 속 시원히 얘기도 못 하고 혼자 벙어리 냉가슴 앓듯 했을 것이다. 큰 공사를 마쳐야 하는데, 일도 다 못 마치고 화병으로 앓아눕게 생겼다. 그런데 맡은 일이 여염집을 짓는 작은 공사도 아니고, 규모를 제대로 갖춘 큰 절을 짓는 대공사가 아닌가. 자칫 잘못했다가는 큰일을 망칠 판이었다. 도목수는 부글거리는 속을 어떻게든 풀어야 했을 것이다. 그래서 자기 돈을 가지고 튄 주모에게 복수를 하기로 했다.

전등사 대웅보전의 나부상
쪼그리고 앉아 처마를 떠받치고 있는 모습에
익살과 해학이 넘쳐난다

해학으로 빚은 집

주모의 형상을 만들어 사시사철 벌거벗은 채 쪼그리고 앉아 두 손으로 대웅전 지붕을 떠받치게 한 것이다. 이것이 전해져 오는 이야기이다.

그런데 큰 절을 도맡아 짓는 도목수 그릇이 함지박은 못 되더라도 고작 간장 종지만 해서야…… 도목수는 주모에게 쩨쩨하고 치졸한 복수를 한 게 아니라, 평생 대웅전 처마를 받들게 함으로써 주모에게 자신의 죄를 씻을 기회를 준 건 아니었을까? 인간적인 연민으로 말이다. 나무를 떡 주무르듯 다듬어 하늘을 나는 학 날개 같은 처마를 만들고, 그 처마를 떠받치는 공포에 날렵하니 멋을 살려내는 도목수의 도량이라면 적어도 그쯤은 되지 않았을까? 그렇게 주모의 죄도 씻어 주고 속 쓰린 마음을 툭툭 털어 버린 건 아니었을까?

아무튼 전설대로라면 리가의 캣 하우스 주인인 상인과 전등사 대웅전을 지은 도목수는 서로 꽤 닮았다. 둘 다 부글거리는 속마음을 건축물에 슬쩍 부려 놓았으니 말이다. 익살과 해학을 담아. 돈 많은 상인도, 솜씨 좋은 도목수도 얼마나 솔직하면서 어린아이 같은가. 그리고 그들 마음이야 부글거리든 말든 그걸 보는 사람들은 얼마나 재미있는가.

익살과 해학은 이렇게 뜻하지 않은 곳에서 웃음을 준다. 문학이나 미술 같은 예술 작품 속에서도 은근한 익살과 해학은 격조 높은 웃음을 안긴다. 한 치의 빈틈도 용납하지 않는 질서와 균형 사이에서 툭 비집고 나온 돌출이나 작은 틈 같다고 할까?

예술 작품에서뿐만 아니다. 우리가 살아가는 일상에서도 유머, 위트는 얼마나 중요한가? 서로 서먹서먹하고 어색할 때, 중요한 일을 앞두고 긴장하고 있을 때, 누군가 한 마디 툭 유머를 던지면 금세 공기가 달라진다. 스모그로 자욱한 도심에서 상쾌한 피톤치드 가득한 숲속으로 들어선 것처럼.

《유토피아》를 쓴 토마스 모어가 사형을 당할 때 남긴 위트는 유명하다. 토마스 모어는 국왕인 헨리 8세의 재혼과 종교개혁 과정에서 반역죄로 몰려 참형을 당했다. 바로 그 순간, 토마스 모어는 사형집행인에게 당부의 말을 남긴다.

"내 목은 매우 짧으니 조심해서 자르시오. 그리고 수염은 반역죄를 짓지 않았으니 자르지 마시오."

죽음을 바로 앞둔 사람이 한 말이라고 믿기 어려울 정도로 유머가 녹아 있다. 죄도 없는 사람의 목을 자르는 일이 쉽지는 않을 것이다. 토마스 모어는 어쩌면 그 사형집행인의 긴장을 풀어 주고 싶었는지도 모른다.

죽음을 앞둔 자신의 긴장도 풀 겸 말이다. 토마스 모어에게 반역죄를 씌운 사람들이 이 말을 전해 들었을 때 어땠을까? 내 수염은 반역죄를 짓지 않았으니 자르지 말라니! 죽음 앞에서도 이렇게 당당한 사람에게 죄를 덮어씌워 죽였단 생각에 등골이 서늘하고 머리끝이 쭈뼛 서지 않았을까? 토마스 모어의 농담이 사람들 사이에서 오래도록 회자되는 이유는 무겁고 심각한 상황을 가벼이 뛰어넘는 그의 도량 때문이 아닐까?

리부 광장 가에 있는 캣 하우스에 스민 익살스러운 이야기는 낭만이 가득한 리부 광장을 더 매력적으로 만들어 주었다.

캣 하우스를 지나 광장 가를 걷는데 공원 안에 고양이 한 마리가 보였다. 고양이는 캣 하우스 바로 앞 꽃밭 한가운데 앉아 무심히 꽃을 바라보다가 가끔씩 고개를 돌려 지나가는 관광객들에게 눈길을 던졌다. 그 고양이는 꼭 캣 하우스의 마스코트 같았다. 문득 재미있는 상상이 피어올랐다. 밤에는 캣 하우스 건물 꼭대기에서 굳은 조각상으로 지내다가 해가 떠오르면 마법이 풀려 지붕 위에서 공원으로 폴짝 뛰어내리는 게 아닐까, 라는 동화적 상상. 캣 하우스 지붕의 고양이 조각과 공원 안 고양이의 조합은 참 절묘했다.

리부 광장 공원의 고양이
혼자 사색에 빠진 듯한 모습이다

해학으로 빚은 집

고양이는 사람들에게 무심한 채 혼자 사색에 빠진 듯한 모습이었다. 영묘해 보이는 고양이에게서 눈을 떼지 않고 바라보고 있는데 고양이와 눈이 딱 마주쳤다. 바로 그 순간, 시간도 공간도 느껴지지 않았다. 그 모두를 벗어난 절대적인 시간과 공간 속에서 단둘이 마주하고 있는 듯한 느낌! 고양이가 뚫어져라 나를 바라보았다. 마치 무언가 메시지를 전송하기라도 하는 듯이. 뭐라고 하는 걸까? 온 마음을 모아 주파수를 맞췄다. 어렴풋이 소리가 들려온다.

내려놓아!
힘을 빼!
가벼우면 좀 어때?
그냥 한번 크게 웃어 봐!

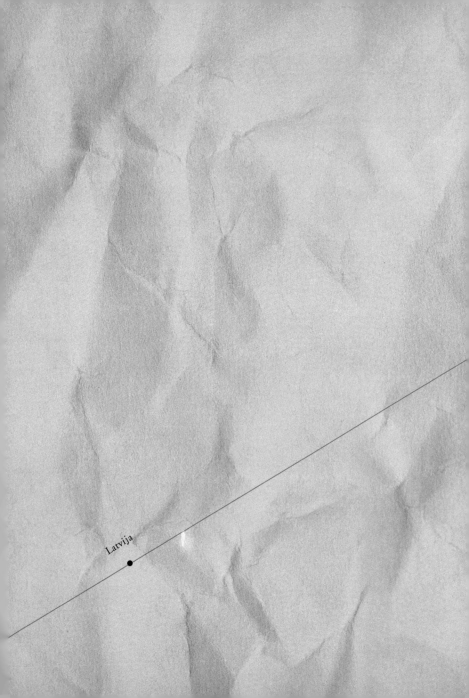

Latvija

일상으로의__초대

이금이

라트비아의 수도 리가를 출발한 차는 룬달레를 향해 달렸다. 곧 보게 될 룬달레 궁Rundāle Palace에 대해서는 '라트비아의 베르사유 궁'이라고 불린다는 것밖에는 아는 게 없었다.

"저 열매가 무슨 열매지?"

일행 중 누군가가 차창 밖으로 스쳐 지나가는 나무를 가리켰다. 무성한 잎 사이로 조롱조롱 매달린 열매가 보였다. 우리나라 시골집의 감나무처럼 집집마다 한두 그루씩 있는 흔한 나무였다. 자두, 복숭아, 살구에서부터 라임까지 줄줄이 나왔다. 라임 나무를 실제로 본 적은 없지만 외국이니 자두나 살구보다 라임 나무가 더 어울리는 것 같았다.

일상으로의 초대

웃고 떠드는 사이 차는 어느덧 룬달레 궁에 다다랐다. 우리는 궁 입구에서 문제의 나무가 과수원처럼 무리지어 서 있는 것을 발견했다. 그리고 열매를 보는 순간 깜짝 놀랐다. 정체를 궁금해하며 라임으로 생각하기로 했던 열매는 놀랍게도 사과였다. 아무리 달리는 차 안이었다고 해도 사과를 몰라보다니. 심지어 일행 중에는 과수원 집 딸도 있었다.

어째서 익숙하고 친숙한 사과나무를 몰라봤는지에 대한 답은 바로 눈앞에 있었다. 그동안 우리가 보아 온 나무와 많이 달랐다. 열매도 자두나 살구라고 생각했을 만큼 한국 사과보다 훨씬 작았다. 나무에 매달린 사과는 하나같이 볼품없고 지질해 보여 팔기는 그른 것 같았다. 문득 지난밤 호텔 근처 마트에서 본 과일들이 떠올랐다. 한국이라면 절대 상품이 되지 못할 것 같은 못난이 과일들이 판매대 위에 수북했다. 그때는 농약을 치지 않은 유기농 과일인 모양이라고 짐작했다. 유기농 채소나 과일은 으레 벌레 먹거나 조금 못생겼으니 말이다.

눈앞의 사과는 마트에서 본 것과 다르지 않았다. 아침에 호텔 식당에서 먹은 사과도 마찬가지였다. 결코 맛있다고 할 수 없는 사과를 먹으며 우리나라의 당도 높은 과일 맛을 그리워했더랬다.

일상으로의 초대

그런데 여기 사람들은 이 사과가 맛있는 걸까? 혹시 우리와 입맛이 다른 걸까? 그럴 수도 있지만 땅과 햇살과 바람이 키워 내는 자연 그대로의 맛에 별다른 불만이나 더 이상의 욕심이 없는 것 같았다.

우리나라 과일도 예전엔 지금처럼 달지 않았다. 그런데도 할아버지가 밭에서 한두 개씩 익는 대로 따 괴춤에 넣어 오던 푸르뎅뎅한 참외는 맛있기만 했다. 시고 껍질 질긴 사과도 으레 이런 맛이려니 하며 먹었다.

농업 기술이 발전해 품질 좋고 당도 높은 과일을 먹게 된 것이 분명 나쁜 일은 아니다. 그런데 제 모습 그대로 자란 발트의 사과나무가 여러 생각을 불러일으켰다.

사과나무를 생각하면 어떤 모양이 떠오르는가. 그동안 우리가 보아 온 나무는 상품 가치 높은 열매를 얻기 위해 가지를 친 모습이다. 가지뿐인가. 봄이면 꽃을 솎아 내고 열매도 솎아 낸다. 탐스러운 열매를 방해하는 것들은 가차 없이 버려진다. 운 좋게 남은 열매조차 병충해를 피하기 위해 봉지를 뒤집어쓰고 있어야 한다. 물론 때맞춰 화학비료와 농약도 가세한다. 덕분에 우리는 아삭아삭하고 다디단 사과를 먹는다. 단맛에 길들여진 우리는 끊임없이 더 맛있는 것을 원한다. 그러느라 자연 그대로의 사과나무가 어떤 모습인지조차 모르고 지낸 것이다.

발트의 사과나무 앞에서 자꾸만 우리나라 아이들이 생각나는 건 왜일까? 한때 개그 프로그램에 나와 유행했던 말이 있다. '일 등만 기억하는 더러운 세상'이라는 말이다. 많은 사람들이 공감 했기에 유행이 됐을 것이다. 하지만 '더러운 세상'이라는 풍자에 공감하면서도 우리는 일등이 되지 못해 안달이다. 어린이도 그 경쟁에서 벗어날 수는 없다. 부모들은 아이를 일등으로 만들기 위해 화학비료와 농약을 주고 가지치기와 열매솎기를 한다. 때로 는 봉지를 씌워 일등으로 가는 길 외엔 다른 것을 볼 수 없게 만 들기도 한다. 작으면 작은 채로, 온몸이 점박이면 점박인 채로 햇 살과 바람 속에서 자연스레 익어 가는 발트의 사과처럼 아이들의 본 모습을 그대로 인정하고 존중하며 사랑할 수는 없는 걸까?

입구에서 본 사과나무는 룬달레 궁을 보는 마음에도 변화를 주 었다. 화려하면서도 아기자기한 내부에서 그곳에 살았던 사람들 의 자취뿐 아니라 시대에 따른 궁의 운명과 역사가 고스란히 느 껴졌다. 사과나무를 보기 전이었으면 '라트비아의 베르사유'라 는 룬달레 궁의 별칭에 별다른 생각을 하지 않았을 것이다. 룬달 레 궁보다 베르사유 궁이 더 크고 더 화려하고 더 유명하니까. 그리고 룬달레 궁이라는 낯선 이름보다 라트비아의 베르사유라 는 익숙한 이름을 마음에 품고 돌아왔을지 모른다.

'라트비아의 베르사유'가 아니라
'룬달레 궁'이라는 그대로의 이름으로 불려야 한다

그날 저녁 우리는 투라이다 성Turaidas pils이 있는 시굴다Sigulda의 작은 마을에서 묵었다. 호텔이 번화가에 있어 쇼핑이나 밤 문화를 즐기는 것도 좋지만 한적한 시골에서 하룻밤 묵는 것도 나쁘지 않았다.

우리는 짐을 들여놓고 서둘러 밖으로 나갔다. 어두워지기 전에 우리나라 면 소재지처럼 소박하고 정감 어린 동네를 구경하고 싶어서였다.

2층짜리가 가장 높은 건물인 마을은 노을빛에 고즈넉이 물들어가고 있었다. 밭이 있고, 학교가 있고, 주유소가 있고, 나무로 지어진 집들이 있는 동네였다. 우리는 창문에 하나둘씩 불이 켜지는 골목길을 할 일 없이 걷다, 주변에 핀 들꽃을 꺾어 와 상황극을 펼치며 배꼽 잡고 웃다, 동네 주민인 것처럼 버스 정류장 부스에 앉아 수다를 떨다, 놀이터에서 그네를 타다 하며 마을을 돌아다녔다.

수더분하게 생긴 집 마당마다 어김없이 집 주인과 세월을 함께하며 둥치가 굵어진 사과나무들이 있었다. 나무 아래에 부러 솎아 낸 것이 아니라 저 스스로 떨어진 열매들이 수북했다. 자연의 섭리를 따른 것이니 그마저도 사과나무의 일부로 보였다.

마트를 가는 것처럼
특별할 것 하나 없던 그 시간이
문득문득 떠오른다

일상으로의 초대

마을을 산책하는 동안 해가 저물었다. 우리는 더 늦기 전에 먹을 거리를 사기 위해 마트로 갔다. 동네에서 가장 크고, 하나뿐인 듯한 상가 건물에는 꽃집, 옷 가게, 신발 가게 등이 있었다. 식료품 가게로 가는 길목에 덩치 좋은 중년 여성이 반짝거리는 액세서리를 가판대 위에 한 무더기 쌓아 놓고 팔고 있었다.

우리는 마트에 간 목적도 잊고 판매대로 달려들었다. 그리고 그곳이 아니면 다시 못 만져 볼 물건인 양 팔찌를, 귀걸이를, 또 다른 무엇인가를 고르기 시작했다. 와자지껄 서로 봐 주고 골라 주며, 누군가 예쁘고 특이한 것을 찾아내면 질세라 액세서리 더미를 뒤졌다. 쾌활하고 시원시원한 라트비아 아주머니의 부추김에 힘입어 우리는 한국에 가면 하지 않을 액세서리들을 손 가득 집어 들었다.(그때 사온 팔찌를 보면 그곳에서의 시간이 떠올라 저절로 미소가 지어지니, 값은 충분히 하고 있다.)

액세서리에 팔려 시간 가는 줄 모르던 우리는 마트 문을 닫기 직전에야 허겁지겁 필요한 것들을 사 들고 거리로 나왔다. 밖은 어느새 캄캄해져 있었다. 우리는 장 본 것을 나눠 들고 아무것도 아닌 일에 깔깔거리며, 그새 익숙해진 마을 길을 걸어 집에 가듯 호텔로 갔다.

일상으로의 초대

특별할 것 하나 없던 그 시간이 어째서 문득문득 떠오르는 걸까. 나는 그동안 여행은 일상을 벗어나는 일이라고 생각했다. 낯선 시간과 공간에서 현실을 잊은 채 특별하고 새로운 것들을 경험하는 것. 그게 여행의 묘미이며, 내가 여행을 떠나고 싶어 하는 이유라고 여겼다. 하지만 여행이라는 특별한 시간에 평범한 일상이 녹아드는 순간, 여행의 즐거움은 배가 된다는 것을 뒤늦게 깨달았다.

우리가 여행을 꿈꾸는 건 일상을 벗어나기 위해서가 아니라 일상을 되찾고 싶어서인지 모른다. 상품성 높은 열매를 위해 자연스러운 일상을 빼앗긴 우리의 사과나무들처럼 우리도 목적 지향적 삶에 매몰돼 많은 것을 놓치며 살고 있다. 그 시간들을 여행에서 되찾고 싶어 떠나는 것이다. 우리가 여유라고 부르는 그것들이 실은 우리가 평소에 누려야 할 일상인 것이다. 라트비아의 베르사유가 아니라 룬달레 궁으로, 자연 그대로의 사과나무로, 나는 나로⋯⋯.

앞으로 꼭 해 보고 싶은 게 있다. 얼마 동안이라도 떠돌아다니며 사는 것이다. 국내도 좋고 해외도 좋다. 어느 곳이든 스쳐 지나가는 여행객이 아니라 한동안 머무르며 그곳 주민처럼 살고 싶다. 발트3국에도 꼭 다시 와 머무르고 싶은 도시들이 많다. 추위를

여행은 특별한 곳으로의 탈출이 아니라
잃어버린 일상으로의 초대다

많이 타니 여름이 좋겠다. 탈린이든, 리가든, 빌뉴스든 또 다른 도시든 주택가 골목에 방을 얻을 것이다. 머무는 동안만이라도 발트 사람들처럼 소박한 식사를 하고, 남을 의식하는 대신 나 자신에게 집중해야지. 그리고 발걸음을 늦춰 그들의 삶 속으로 스며들되 나의 일상을 살리라.

내게 여행은 특별한 곳으로의 탈출이 아니라 잃어버린 일상으로의 초대다.

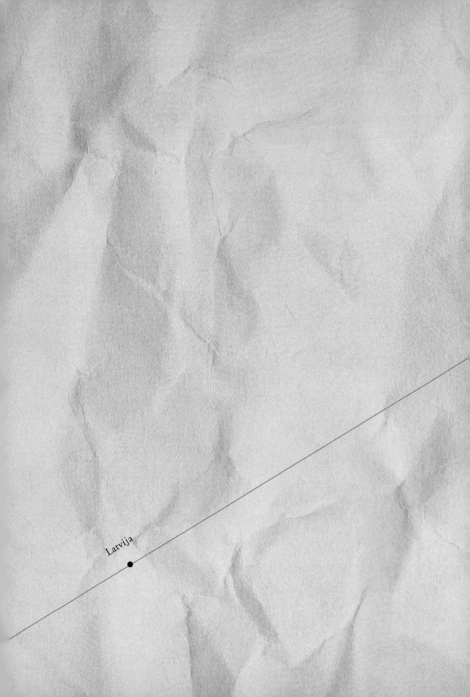

Larvija

룬달레
룬달레__룬달레

이묘신

룬달레 궁에 가려면 바우스카Bauska로 가야 한다. 바우스카는
라트비아 남부에 위치한 작은 도시다. 그곳에서 약 12km 정도
떨어진 곳에 룬달레 궁이 있다.

차는 시골길을 달려 한적한 룬달레 마을에 도착했다. 룬달레는
아담하고 한적한 시골 마을이다. '룬달레'라는 이름은 '평화의
계곡'이라는 뜻인데, 원래 독일이 지배했을 때 루헨탈Ruhenthal이
라고 불려진 것이 라트비아식으로 바뀌었다. 이런 시골에 정말
궁이 있을까?

룬달레 궁으로 들어가는 길, 아름드리 마로니에가 양쪽으로 줄
지어 서 있다. 옆으로는 사과 과수원이 있다. 주렁주렁 달린 사

룬달레 궁 정문에 있는 사자 석상

룬달레 룬달레 룬달레

과가 볕을 쬐고 있는 모습이 한가롭고 여유로워 보인다. 한참을 걸으니 이번엔 가위질을 해서 동글동글한 나무들이 두 줄로 나란히 서 있다. 그 길 끝에 룬달레 궁이 보인다. 넓은 평원에 자리 잡고 있는 모습이 반듯반듯해 어딘지 모르게 레고로 만든 성 같다. 대칭으로 균형미가 살아있는 바로크식 궁이어서 이런 느낌이 들었을까?

룬달레 궁 정문 양쪽 기둥에는 사자 석상이 있다. 이 사자는 옛 쿠를란트 공국Herzogtum Kurland의 상징이다. 오래전 사라진 궁의 문지기처럼 사자가 궁을 지키고 있다.

궁 지붕 위에는 황새가 집을 지어 놓았다. 황새는 라트비아 나라새, 국조다. 어울리지 않는 듯 하면서도 조화롭게 보인다. 나라새라 이 궁을 떠나지 않는 걸까?

바로크 양식의 궁전인 룬달레 궁은 프랑스의 베르사유 궁을 많이 닮았다. 그래서 사람들은 '라트비아의 베르사유'라고 한다지만 나는 그냥 룬달레라는 이름이 좋다. 연한 살구색의 으리으리한 건물을 보며 '룬달레 룬달레 룬달레' 이름을 불러 본다. 정겹고 마음이 환해진다.

붉은 계단을 따라 올라가면 긴 복도 끝으로 방이 보인다. 룬달레 궁에는 약 백사십 개의 방이 있다. 그중 우리가 볼 수 있는 방은 사십여 개이다. 물감 통에 빠진 것처럼 방들은 색감이 뛰어나고 화려하다.

제일 먼저 들어선 방은 황금색의 방이다. 금빛으로 장식된 이 방에서 대관식이 열렸다고 한다. 다음은 로코코 양식이 그대로 있는 무도회 방으로 간다. 벽과 천정엔 입체감 있는 조각과 문양들이 그대로 살아 있다. 춤추는 사람을 돋보이게 하기 위해 방 색깔을 하얀빛으로 채색해 놓아 화려하기 짝이 없다.

흰빛과 푸른빛이 조화를 이루는 중국 도자기를 전시해 놓은 도자기 방을 돌아본다. 이 방의 주인들은 동양의 도자기에 빠져 있었던 걸까?

장미의 방은 말 그대로 온통 장미꽃이 피어 있는 방이다. 이 방에 들어서면 모두 코를 흠흠 거리게 될 것이다. 바람이 불어오기만 하면 금방이라도 조각된 장미들이 흔들릴 듯 생생하다. 장미의 방 천정은 온통 그림으로 장식되어 있는데 둘러보고 있으면 황홀하다.

장미의 방을 지나 침실로 쓰던 방에 들어선다. 창문으로 룬달레 궁 정원이 한눈에 들어온다. 잘 가꾸어 놓은 나무들이 미로처럼 이어져 종일 숨바꼭질을 해도 될 듯하다. 하지만 이렇게 화려한

룬달레 룬달레 룬달레

룬달레 궁의 역사는 그리 화려하지 못했다.

중세 때 라트비아는 사백 년 동안 독일의 지배를 받았다. 라트비아를 포함한 발트 연안의 작은 나라를 리보니아라고 불렀고, 그곳에선 크고 작은 전쟁이 일어났다. 이 틈을 타 쿠를란트라는 나라가 생겼다. 쿠를란트 공국은 한때 대서양을 누비며 식민지까지 건설하며 번창했다. 그러나 리보니아에 대한 열강들의 침략은 그치지 않았고 독일, 러시아, 오스트리아가 리보니아 전쟁의 승리자가 되기도 했다. 쿠를란트 공국도 약 이백 년 동안 번성과 쇠락을 반복하면서 열두 번이나 주인(군주)이 바뀌었다.

룬달레 궁의 처음 주인은 비론이었다. 쿠를란트 공국을 다스리던 7대 군주 에른스트 요한 폰 비론Ernst Johann von Biron은 여름 궁전을 갖고 싶었다. 비론은 룬달레에 궁을 짓기로 하고 유명한 건축가를 데려왔다. 비론은 당시 러시아 상트페테르부르크의 겨울 궁전을 지은 이탈리아 천재 건축가 바톨로메오 라스트렐리 Bartolomeo Rastrelli에게 궁을 짓게 했다. 그 건축가는 룬달레 궁을 프랑스 베르사유 궁과 오스트리아 쉔부른Schönbrunn 궁을 모델로 삼아서 지었다. 궁의 내부를 장식하는 모든 그림들은 유럽의 이름 난 화가들을 불러들여 그리게 했다. 하지만 안타깝게도 비론은 룬달레 궁을 완성할 수 없었다. 권력 다툼으로 밀려나 러시

쿠를란트 공국을 다스린
대공들과 부인들의 초상화

룬달레 룬달레 룬달레

아로 유배를 떠나야 했기 때문이다.

이십 년의 유배 생활을 마치고 돌아왔을 때 비론이 제일 먼저 한 일은 짓다가 만 룬달레 궁을 다시 완성하는 것이었다. 여기서 재미있는 것이 한 가지 있다. 궁을 짓기 시작했을 때는 간결하고 묵직한 바로크 양식이 유행이었다. 하지만 그가 돌아왔을 때 바로크 양식은 유행이 지나고, 장식이 화려한 로코코 양식이 유행하던 때였다. 그러니 그때 유행하는 양식을 따를 수밖에 없었다. 그래서 룬달레 궁 외부는 바로크 양식, 내부는 로코코 양식으로 완성되었다. 요즘 말로 리모델링을 한 것이다. 비론은 많은 돈을 퍼부어 궁을 개조해 속이 상했을지 모르지만 우리는 볼거리가 더 많아졌다고나 할까.

또 하나 눈길을 끄는 것이 있다면 룬달레 궁의 방마다 초상화가 걸려 있다는 점이다. 초상화의 주인공들은 룬달레 궁을 거쳐 갔던 사람들이다. 한마디로 말하면 이 궁의 옛 주인들인 셈이다. 그 사람들을 보면 이 궁에 주인이 몇 번 바뀌었고, 주인이 바뀔 때마다 얼마나 많은 시련을 겪었을지 짐작이 가고도 남는다.

예카테리나 2세Ekaterina II의 초상화 앞에 섰다. 룬달레가 러시아의 지배를 받았을 때 러시아 여제 예카테리나 2세는 자신의 정부인 주보프 공Platon Zubov에게 룬달레 궁을 선물로 주었다.

궁전을 선물로 주다니! 그것도 여기저기 부서지고 마음에 들지 않는 부분은 깨끗이 보수하고 고쳐서 주보프 공에게 준 것이다. 여기서 예카테리나 2세가 주보프 공을 얼마나 사랑했는지 알 수 있다. 한편으로는 그의 권력이 얼마나 컸는지도 보여 준다.

예카트리나 2세 초상화를 지나 어느 아름다운 여인과 두 딸의 초상화 앞에 섰다. 그 초상화는 룬달레 궁의 첫 주인이었던 에른스트 요한 폰 비론의 아들 피터 폰 비론Peter von Biron의 세 번째 부인과 딸들이었다. 피터 폰 비론은 쿠를란트 공국의 12대 공작이었다. 남자만 대를 이어 공작에 즉위할 수 있는 전통 때문에 그는 세 번째 부인까지 얻어 아들을 낳으려 했다. 아들이 없으면 이 궁은 또 주인 없는 궁이 되는 것이다. 하지만 첫째, 둘째, 셋째 부인까지 아들을 낳지 못했다. 아들을 얻지 못해 결국 대를 잇지 못한 쿠를란트 공국은 역사 속으로 사라졌다.

룬달레 궁의 마지막 주인은 슈발로프Shuvalov 가문이다. 주보프 공이 죽고 난 후 그의 아내는 러시아 왕가의 슈발로프 백작과 다시 결혼을 했다. 남편의 궁이었던 룬달레 궁은 아내 것이 됐고, 그의 아내가 재혼했으니 슈발로프 가문의 것이기도 했다.

슈발로프 가문은 제1차 세계대전이 발발하기 전에 궁을 떠났다. 부엌에 있는 숟가락까지 모두 싸들고.

룬달레 궁은 사랑과 결혼, 전쟁으로 서로 얽히고설키어 역사의 소용돌이 속에서 함께 있었다.

화무십일홍(花無十日紅)이라는 말이 있다. '열흘 붉은 꽃은 없다'는 뜻이다. 아무리 아름다운 꽃도 열흘을 못 간다. 꽃도 활짝 피면 곧 사그라지는 것이다. 권력도 꽃과 같아 영원하지 않다고, 룬달레 궁에 살던 주인들이 보여 주고 있다. 활짝 필 때 아름다운 모습보다 지고 난 뒤의 모습을 생각했다면 마지막이 비극적이지는 않았을 거라고.

제1차 세계대전부터 룬달레 궁은 궁이라는 이름을 잃어버렸다. 독일은 이 궁을 다친 군인들을 치료하는 병원으로 썼다. 수많은 환자들의 신음 소리가 들리고, 시체들이 오가는 장소로 만든 것이다. 다른 한쪽은 사령관 사무실로 이용되기도 했다. 그 후 궁의 일부는 학교로 사용되기도 했다.
전쟁이 끝나고 라트비아가 잠깐 나라를 되찾았을 때 국립역사박물관으로 이름을 바꾸어 궁의 모습을 그대로 보존하려고 했다.

하지만 다시 일어난 제2차 세계대전으로 궁은 곡식들을 쌓아
두는 곡물 창고가 되었고, 체육관으로 변해 수많은 발자국이 찍
히기도 했다.

지금 룬달레 궁은 옛 모습을 그대로 살려 박물관으로 사용하고
있다. 세계의 관광객들에게 룬달레 궁의 처음 모습을 보존해 보
여 준다.

수많은 세월 앞에서 권력이 바뀔 때마다 주인이 바뀌는 것은 궁
의 운명이었다. 그래서 이 궁의 역사는 라트비아 역사와 너무나
닮아 있다. 주인 없는 궁! 나라 없는 백성! 건물이나 사람의 삶이
너무나 닮아 있다는 생각이 든다.

룬달레 궁에서 점심을 먹었다. 샐러드, 닭고기 요리를 앞에 놓고
우아하게 식사를 하고 있으니 마치 궁의 주인이 된 것 같다. 이
짧은 순간 나를 중세로 불러들여서 이 궁의 주인으로 만들어 준
룬달레 궁!

앞으로도 룬달레 궁은 수많은 사람들을 맞이하며 궁을 찾는 사
람들에게 단 하루만이라도 궁의 주인이 되어 보라고 자리를 내
어 줄 것이다. 그러면서 나에게 했듯이 그들에게도 한 끼의 따뜻
한 식사를 대접하겠지.

룬달레 룬달레 룬달레

룬달레 궁을 나왔다. 한참을 걷다 돌아보니 여전히 룬달레 궁은 그 자리에 서 있다. 수많은 고난과 긴 세월 앞에서도 이름을 지키며 꿋꿋하게 말이다. 그 모습이 의연해 보이고 아주 당당해 보였다.

룬달레 룬달레 룬달레……. 오래 기억하고 싶은 노래처럼 그 이름을 되뇌어 본다.

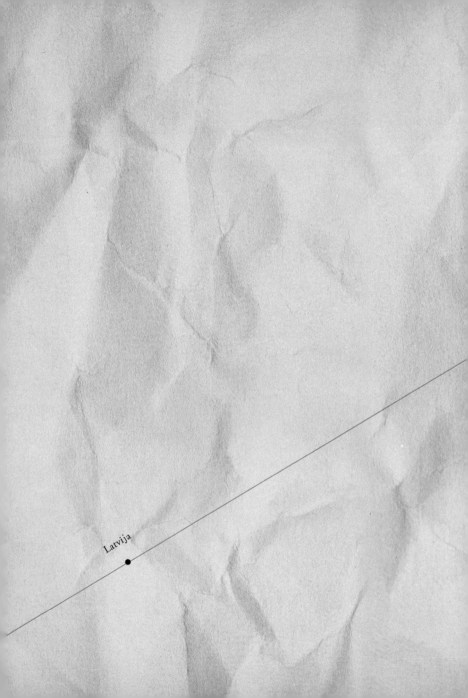

Latvija

투라이다의__장미

오미경

시굴다로 향하는 길! 시굴다에 가면 마법의 스카프에 얽힌 슬픈
사랑의 전설을 만날 수 있다고 했다. 마법의 스카프? 슬픈 사랑
의 전설이라고?

'마법의 스카프라니 그걸 두르면 투명해지는 게 아닐까? 그걸 두
르고 사람들 눈을 피해 이룰 수 없는 사랑에 빠지는 거야. 그런
데 나중에 스카프의 마법이 사라져 끝내 사랑을 이루지 못하게
돼. …… 아니, 마법의 스카프를 쓰면 아름다운 얼굴로 바뀔지도
몰라. 아름다운 여인이 되어 흠모해 오던 사람과 사랑에 빠지는
거야. ……'

시굴다는 지명에서부터 많은 전설을 품고 있을 것만 같다

투라이다의 장미

동화적 상상력을 불러일으키기에 충분했다. 흥미로운 마법의 스카프에 슬픈 사랑의 전설이라니! 사랑, 언제 들어도 가슴 뛰는 말 아닌가? 왠지 시굴다라는 지명조차 묘한 느낌으로 다가왔다. 원시적인 느낌도 나면서 많은 전설을 품고 있을 것만 같은 느낌? 시굴다에서는 과연 어떤 전설이 기다리고 있는 걸까? 설레는 사람과의 만남을 앞두고 있을 때처럼 가슴이 일렁였다.

라트비아의 수도 리가에서 동북쪽으로 53km 떨어진 곳에 있는 시굴다는 라트비아의 스위스라고 불린다. 하늘 위로 쭉쭉 뻗은 나무들, 맑고 상쾌한 공기, 시굴다를 왜 그렇게 부르는지 알 것 같았다. 시굴다는 가우야 강과 숲이 어우러져 경관이 아름다운데다 오래된 건물, 성 등 문화유산이 많아 가우야 국립공원 Gaujas Nacionālais Parks 으로 지정되었다. 봅슬레이 스키 등 겨울 스포츠가 발달돼 라트비아의 겨울 수도라 불리기도 한다.

지금은 지극히 평화로운 모습이지만, 13세기 초 처음 요새를 세운 뒤로 외세와 전쟁을 수없이 치른 곳이다. 현재 세 개의 성이 남아 있는데, 그 가운데 투라이다 성은 붉은 사암층 절벽의 가우야 강과 푸른 숲이 어우러져 특히 아름답다.

투라이다 성으로 가는 길에 만나는 들꽃
이 길을 따라 하루 종일 걷기만 해도 좋을 것 같다

투라이다의 장미

투라이다 성으로 가는 길은 그야말로 꿈길 같았다. 고요한 숲 속, 그리고 그 사이로 난 하얀 오솔길, 바닥을 수놓은 어여쁜 꽃 들……

샷된 것이라곤 티끌만큼도 끼어들 수 없을 것 같고, 마음이 저절로 순해지고 깨끗해지는 느낌. 하루 종일 길을 따라 그냥 걷기만 해도 좋을 것 같았다. 시굴다 숲으로 들어서는 순간 풍경에 취해 슬픈 사랑의 전설은 까맣게 잊어버렸다. 바닥에 깔린 작은 꽃들이랑 눈인사를 하면서 걷고 있는데, 사람들 발길이 어느 곳엔가 우뚝 멈춰 있었다. 투라이다 성까진 아직 못 왔을 텐데, 생각하며 눈을 들었다.

Turaidas Roze 1601~1620

검은빛 대리석에 박힌 글씨가 보였다. 투라이다의 장미? 가만! 우리 나이로 치면 스무 살, 꽃다운 나이다. 투라이다의 장미라면, 장미처럼 아리따운 아가씨가 잠든 곳? 빙고다. 그런데 꽃다운 나이에 왜 죽은 걸까? 슬픈 사랑의 전설, 바로 그 주인공? 역시 빙고다.

마야의 묘비와 보리수나무
라트비아 사람들은 결혼을 하면 이곳을 찾아와 헌화를 한다

투라이다의 장미

1601년 봄, 투라이다 성 근처에서 스웨덴과 폴란드 사이에 전쟁이 벌어져 많은 사람들이 죽었다. 전쟁이 끝난 뒤, 성지기가 시체들 사이에서 죽은 엄마 품에 안긴 아기를 발견했다.

성지기는 그 아기를 데려다 키웠고, 이름을 마야라고 지었다. 마야는 5월이란 뜻이다. 아기를 발견했을 때가 5월이었으리라. 마야는 너무나도 예쁘게 자랐고, 마을 사람들은 어여쁜 마야에게 '투라이다의 장미'라는 사랑스러운 별명을 붙여 주었다.

마야는 마침내 성인이 되었고 시굴다 성의 정원사 빅토르와 사랑에 빠졌다. 그리고 스무 살 되던 해, 둘은 결혼을 약속했다. 결혼을 며칠 앞둔 날, 마야는 빅토르로부터 만나자는 편지를 받았다. 장소는 둘이 은밀히 만나 종종 사랑을 속삭이던 동굴이었다. 들뜬 마음으로 달려간 마야를 기다리고 있는 사람은 빅토르가 아니라 아담이라는 폴란드 병사였다. 평소 마야에게 흑심을 품고 있던 그가 마야를 꾀어내려고 빅토르가 쓴 것처럼 속여 가짜 편지를 보낸 것이었다. 구애를 거절당하자 화가 난 폴란드 병사는 마야를 범하려고 했다. 집으로 돌려보내 달라고 사정했지만 소용없었다. 마야는 꾀를 내 마침 목에 두르고 있는 스카프를 들어 보이며 말했다.

"이 스카프는 마법의 스카프예요. 어떤 칼도 뚫지 못하지요. 이 스카프만 있으면 전쟁에 나가도 죽지 않아요. 저를 돌려보내 주시면 이 스카프를 드릴게요."

그러나 폴란드 병사가 마야의 말을 믿을 리 없었다.

"제 말을 못 믿겠으면 당장 시험해 보세요."

너무도 당당한 모습에 그는 반신반의하면서 스카프를 두른 마야를 칼로 찔렀다. 날카로운 칼은 얇디얇은 스카프를 뚫고 마야의 가슴에 박혔다. 그리고 마야의 가슴에서 흘러나온 피가 스카프를 붉게 물들였다.

동화라면 이 대목에서 스카프가 마법을 일으켜 마야를 지켜 줬을 것이다. 하지만 판타지 가득한 동화가 아니라 냉혹한 현실이었다. 마야는 죽었고 뒤늦게 달려온 빅토르는 싸늘해진 마야의 시신을 안고 눈물을 흘렸다. 약혼녀를 잃은 것만 해도 견딜 수 없는 슬픔인데 빅토르는 살인 누명까지 썼다. 다행히 무죄가 밝혀졌고, 마야를 죽인 폴란드 병사는 처형을 당했다. 빅토르는 사랑하는 마야의 시체를 투라이다 성 근처에 묻어 준 뒤, 그곳의 흙을 자루에 담아 시굴다를 떠났다. 그 뒤 마야를 묻은 무덤에서는 나무 한 그루가 자라났다고 한다.

마야의 묘비 뒤엔 마야의 분신과도 같은 아름드리 보리수나무
가 있었다. 못다 한 사랑이 애달파 곧게 자라지 못한 걸까? 나뭇
가지 하나가 땅바닥까지 휘어져 고통스러운 듯 몸을 틀고 있어
보는 이의 마음을 더 아리게 했다. 전설을 듣고 나니 묘한 아이
러니가 느껴지면서 살짝 혼란스러웠다. 뭐지? 이 혼란스러움은?
곰곰 생각해 보니 바로 '마법의 스카프'의 역설 때문이었다. 마
법의 양탄자, 마법의 지팡이, 마법의 램프…… 동화에 나오는 것
들은 모두 결정적인 순간에 멋지게 제 역할을 하지 않는가! 멀리
몸을 실어다 주기도 하고, 모습을 바꿔 주기도 하고, 갖가지 소
원을 들어주기도 한다. 그런데 마야의 스카프는 아무런 마법도
일으키지 못했다. 위기의 순간에 목숨을 구하기는커녕 오히려
죽음에 이르게 했다. 이게 웬 뒤통수치는 반전이람? 반전치고는
참 허무하고 맥 빠졌다. 해피엔딩을 바라는 입장에서 보면 실망
스러운 반전이지만 이상하게 가슴을 적신다. 이 묘한 감동의 정
체는 도대체 뭐지?

마야는 왜 마법의 스카프라고 거짓말을 한 걸까? 처음엔 실낱같
은 희망이라도 품었으리라. 폴란드 병사가 자신의 말을 믿고 스
카프를 얻는 대신 집으로 보내 준다면 얼마나 좋겠는가. 하지만
그는 야속하게도 마야 말을 믿지 않았다.

그러자 마야는 자신의 말이 진실인지 아닌지 시험해 보라며 도발했다. 이건 너무 위험한 도박 아닌가! 마야는 그렇게 말하면 자신의 말을 믿어 줄 거라 생각한 걸까? 그토록 순진했던 걸까? 아니다, 마야는 결국 스스로 죽음을 택한 것이다. 자신의 사랑을 지키기 위해서. 동양이나 서양이나 정절을 목숨처럼 귀하게 생각했던 시대였다. 처음엔 마야의 스카프가 마법을 일으키지 못하는 게 못내 아쉬웠다. 그런데 가만 생각해 보니 마법은 일어났다. 마야의 소원은 사랑을 지키는 거였고, 스카프가 그 사랑을 고귀하게 지켜 주었으니 말이다. 미묘한 혼란의 수수께끼가 풀렸다. 마법의 스카프 역할은 마야의 목숨을 구하는 게 아니라 순백의 사랑을 지키는 것이었다. 마야는 자신의 목숨보다 빅토르에 대한 사랑을 지키고 싶어 했으니까. 그것이 바로 마법의 스카프가 품고 있는 아이러니였다.

라트비아 사람들은 결혼 뒤, '투라이다의 장미' 묘소를 일부러 찾아와 헌화한다고 한다. 헌화하면서 서로 사랑의 맹세도 하리라. 지고지순한 마야의 사랑이 사람들 가슴속에 사랑의 상징처럼 새겨져 있는 것이다. 이거야말로 스카프가 부린 진정한 마법 아닌가! 끝내 사랑을 지킨 스카프의 마법!

가우야 국립공원에 있는 구트마니스 동굴
마야와 빅토르의 사랑을 기리듯 사랑의 낙서가 빼곡하다

오랜 세월이 흘렀지만 마야와 빅토르의 영혼은 아직도 이 숲에 머물고 있는 게 분명했다. 마야의 무덤에서 얼마 떨어지지 않은 곳에 연리목이 있는 걸 보면. 연리목은 두 나무가 하나로 붙은 것으로, 사랑하는 사람이 죽어서 환생한다는 전설을 지닌 사랑나무다. 아래는 두 나무가 꼭 붙어 한 몸이 됐고, 위의 가지도 팔을 뻗어 부둥켜안은 듯이 붙어 있었다. 마치 마야랑 빅토르가 이제 영원히 헤어지지 말자며 하나가 되어 서 있듯이. 막 꽃봉오리를 터뜨리자마자 꺾여 버린 가여운 마야!

투라이다 성으로 발걸음을 옮기는데 들판을 수놓은 흰색 들꽃 무더기가 마야의 스카프처럼 보였다. 목숨과도 바꿀 만큼 깊은 사랑! 사랑은 온 우주가 하나로 줄어드는 기적이라고 했던가? 우주에 오직 단 한 사람, 그 사람이 우주 전체인데 더 말해 무엇하랴.

다시 투라이다 성을 향해 걸어가는데 차에서 들었던 노래 〈백만 송이 장미〉가 떠올랐다. 러시아 여가수 알라 푸가초바가 부른 뒤 세계적으로 알려져 대부분 러시아 곡으로 알고 있지만, 원곡은 라트비아 곡이다. 원 제목은 〈마리나의 선물〉로, 신화 속의 어머니 마리나가 딸에게 행복을 줬으나 이를 제대로 누리지 못해 어려움을 겪는다는 내용이다.

오랜 세월 강대국들의 지배 속에서 고통받고 있는 조국의 슬픈 운명을 은유한 노래다. 이것이 우리나라에서 남녀 간의 사랑을 노래한 〈백만 송이 장미〉로 재탄생했다.

먼 옛날 어느 별에서 내가 세상에 나올 때
사랑을 주고 오라는 작은 음성 하나 들었지
사랑을 할 때만 피는 꽃 백만 송이 피워 오라는
진실한 사랑할 때만 피어나는 사랑의 장미
미워하는 미워하는 미워하는 마음 없이
아낌없이 아낌없이 사랑을 주기만 할 때
수백만 송이 백만 송이 백만 송이 꽃은 피고
그립고 아름다운 내 별나라로 갈 수 있다네
(중략)

가사가 새삼 새롭다. 그리고 참 절묘하다. 라트비아와 멀리 떨어진 나라에서 번안한 노래가 마야의 사랑 이야기를 꼭 닮았으니 말이다.

투라이다의 장미, 마야! 마야는 그립고 아름다운 자기 별나라로 돌아갔다. 수백만 송이 사랑의 꽃을 활짝 피우고서.

동화에 나오는 성 같은 투라이다 성에
마야가 살고 있을 것만 같다

ⓒ위키피디아

 '북팝'에 위 사진을 비치면 한국어 자막이 있는 라트비아 홍보 영상을 볼 수 있다.

투라이다의 장미

저만치 보이는 투라이다 성!

푸른 숲에 감싸인 붉은 성의 모습이 마치 싱그러운 들풀 다발에 감싸인 백만 송이 장미처럼 보였다. 진실한 사랑이 피운 사랑의 장미! 동화 속의 성처럼 아름다운 그곳에 마야가 살고 있을 것만 같았다.

투라이다 성으로 서둘러 걸음을 옮겼다.

03

리투아니아

수도: 빌뉴스(Vilnius)
언어: 리투아니아어
주요 도시: 카우나스(Kaunas), 클라이페다(Klaipėda)

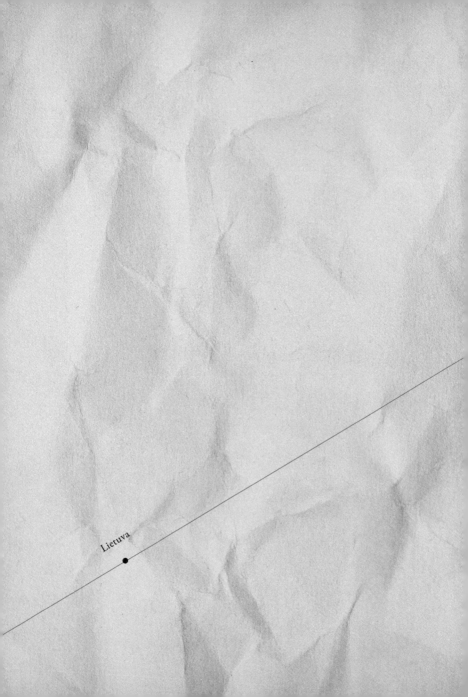

Lietuva

빌뉴스의__백골

이금이

"손바닥에 얹어 파리로 가져가고 싶구나!"

나폴레옹이 빌뉴스Vilnius에 있는 성 오나 성당을 보고 한 말이다. 얼마나 아름다우면 프랑스 황제가 욕심을 다 냈을까? 그나저나 성당을 손바닥에 올려놓을 생각을 하다니. 유럽 대륙을 발아래 두었던 황제답게 스케일도 크다.

어느 나라를 가든 내 눈길을 잡아끄는 곳은 고층 건물이 솟아 있는 신시가지가 아니라 오래전부터 있던 구시가지다. 구시가지에는 그 나라의 역사와 문화가 둥치 굵은 나무의 나이테처럼 켜켜이 쌓여 있기 때문이다. 리투아니아의 수도인 빌뉴스 역시 마찬가지다.

'역사지구'라 불리는 구시가지 전체가 유네스코 세계문화유산으로 등록되어 있다.

로마 가톨릭교, 러시아 정교회, 유대교 등 여러 종교가 오랜 세월 갈등 없이 어우러져 지내온 빌뉴스는 성당의 도시라고도 불린다. 구시가지에는 각 종교의 건축양식을 따른 성당들이 아주 많다. 나폴레옹이 반했던 성 오나 성당은 그중에서 외관이 가장 아름다운 성당으로 손꼽힌다. 로코코 양식의 건물이 어쩌나 아름답고 앙증맞은지 나폴레옹의 말이 이해가 간다. 나 역시 주머니에 넣어 오고 싶었으니까.

성당이 아직도 그 자리에 멀쩡히 서 있는 걸 보면 나폴레옹의 바람은 이루어지지 않은 게 분명하다. 그건 그렇고 프랑스 황제가 무슨 일로 파리에서 멀리 떨어져 있는 작은 도시에 왔던 것일까?

2001년, 빌뉴스의 공사 현장에서 유골 이천여 구가 발견됐다. 유골이 나온 장소는 구소련(현재의 러시아)의 첩보 조직인 KGB가 사용했던 건물 근처였다. 리투아니아는 오랜 세월 러시아를 비롯한 여러 나라의 침략과 지배를 받았다. 그런 이유 때문에 처음에는 소련의 만행에 희생당한 사람들의 유골이라고 추정했다. 하지만 제복의 단추가 발견됨으로써 나폴레옹 군대의 병사들임이 밝혀졌다.

게디미나스 타워에서 내려다본 빌뉴스 전경

빌뉴스의 백골

그 많은 프랑스 군인들의 유골이 어째서 빌뉴스에서 발견된 것일까? 큰 전쟁이라도 있었던 걸까? 이야기는 이백여 년 전으로 거슬러 올라간다.

1812년 6월, 나폴레옹은 오십만 군대를 이끌고 러시아 원정 길에 올랐다. 영국과 교역을 하지 말라는 자신의 명령을 어긴 러시아 황제 알렉산드르 1세Alexandr Pavlovich를 응징하기 위해서였다. 오십만 명의 병사 외에도 십사만 마리의 말과 수많은 수레가 뒤따랐다. 이천팔백만 병의 와인과 나폴레옹 전용 만찬을 위한 특별 식량을 실은 행렬은 나들이라도 가는 듯한 모습이었다. 나폴레옹은 물론 병사들도 전쟁에서 쉽게 승리하리라 자신했다. 가져간 와인을 다 마시기 전에 전쟁이 끝날 것이라고 여겼다. 그리고 겨울이 오기 전에 승전고를 울리며 돌아올 수 있으리라 믿었다. 나폴레옹이 빌뉴스로 간 것은 러시아 황제가 그곳에 머물고 있다는 정보 때문이었다. 그 당시 빌뉴스는 러시아의 지배 아래 있었다. 나폴레옹은 러시아까지 갈 것 없이 빌뉴스에서 알렉산드르 1세를 칠 계획이었다. 하지만 황제는 떠나고 없었다. 전술도, 병사 수도 나폴레옹 군대보다 뒤졌던 러시아의 계략이었다.

나폴레옹은 러시아 황제를 치지 못한 대신 빌뉴스를 점령하고 임시정부를 세웠다. 그리고 도시를 지킬 참호를 많이 파 놓은 뒤 모스크바로 향했다. 모스크바 근처 보르디노Bordino에서 전투가 벌어졌다. 쉽게 이기리라고 여겼던 나폴레옹 군대는 러시아 군대와 치열한 접전을 벌였고, 나폴레옹은 칠만여 명의 병사를 잃은 뒤에야 모스크바에 입성할 수 있었다. 하지만 모스크바는 텅 비어 있었고 며칠 뒤에는 불길이 도시 전체를 태웠다. 그 또한 러시아 군대의 전술이었다.

나폴레옹은 러시아 황제에게 화해를 청했으나 답을 듣기 위해 한 달이 넘게 기다려야 했다. 어느덧 겨울이었다. 러시아의 혹독한 추위 속에서 먹을 것도, 잘 곳도 없어진 나폴레옹 군대의 병사들은 굶어 죽고, 얼어 죽고, 전염병에 걸려 죽었다. 견디다 못해 자살하는 병사도 많았다.

나폴레옹은 어쩔 수 없이 퇴각을 결정했다. 오십만 명 중 임시정부인 빌뉴스에 도착한 병사는 이만오천여 명에 불과했다. 얼마나 추웠는지 콧수염에 고드름이 생길 정도였다. 병사들은 언 몸을 녹이기 위해 성 오나 성당의 제단을 뜯어 땔감으로 사용했다. 이만오천여 명 중 살아남아 파리로 돌아간 병사는 삼천 명뿐이었다. 나머지는 모두 빌뉴스에서 숨졌다. 전투 때문이 아니라 굶주림과 병 때문이었다.

뒤쫓아 온 러시아 병사들은 얼어붙은 땅을 팔 수 없어 여기저기 널려 있는 나폴레옹 병사들의 시체를 끌어다 구덩이에 던져 넣었다. 나폴레옹 군대가 만들어 놓은 참호였다. 병사들은 자신이 묻힐 무덤을 팠던 셈이다. 구덩이로 모자라 길에 쌓아 놓은 시체가 3층 건물 높이만큼 되었다고 한다.

비참하고 끔찍한 광경이지만 솔직히 이백여 년 전의 일에 대해서는 별다른 감정이 일지 않는다. 그런데 처참하게 죽어 간 그 병사들이 내 아들이나 조카 같은 청년이라고 생각하니 그들의 고통과 두려움과 슬픔이 놀랄 만큼 생생하게 느껴진다.

나폴레옹 군대는 프랑스, 독일, 폴란드 인 등 여러 나라 병사로 구성된 연합군이었다. 징집돼 온 병사들은 대부분 스물에서 스물다섯 살의 청년들이었지만 스무 살 미만의 청소년들도 10%나 됐다. 그들은 한 명, 한 명 누군가의 자식이자 형제였을 것이다. 또는 남편이나 아버지였을 수도 있다.

어린 병사들은 포탄이 날아다니고 전우들이 죽어 가는 전쟁터에서 얼마나 무서웠을까? 고향이, 집이, 가족이 사무치게 그리웠을 것이다. 고향 집의 난롯가를 떠올리며 길바닥에서 잠을 청했을 테지. 얼음이 서걱거리는 빵을 뜯어 먹을 때면 어머니가 끓여 주는 따뜻한 스프 생각이 간절했을 것이다.

그들은 전쟁 기간 동안 총 3000km를 걸었다고 한다. 그렇게 많이 걷고도 끝내 집에 가지 못했다. 총칼을 버리고, 말을 버리고 돌아가고 싶은 마음이 굴뚝 같았을 것이다.

이천 구의 유골이 발견된 뒤, 팔 년 만에 빌뉴스에서는 또 열여덟 구의 유골이 나왔다. 리투아니아 정부에서는 장례식을 치러 주고 유골을 적당한 장소에 안장했다고 한다. 이제 그들의 넋은 편히 잠들었을까?

머나먼 이국의 광장에서 빌뉴스의 백골을 생각하던 나는 아직 위로받지 못한 또 다른 영혼들을 떠올린다.

  배가 고파요
  어머니 보고 싶어
  고향에 가고 싶다

나폴레옹 군대의 병사들이 남긴 말이냐고? 천만에. 일본의 한 탄광 벽에 한글로 써 있는 글귀들이다. 누가, 왜 일본의 탄광 벽에 한글로 그런 글을 써 놓은 것일까?

일제강점기, 삼십육 년간 일본은 우리로부터 모든 것을 빼앗아 갔다. 나라, 말, 글, 곡물을 비롯한 많은 물자, 그리고 사람들……

빌뉴스의 백골

일본은 침략 전쟁을 벌이며 우리나라 사람들을 군인, 군 위안부, 근로 정신대, 노동자로 남녀노소 가리지 않고 끌고 갔다.

일본 나가사키 서남쪽에 해군의 배 모양을 닮아 군함도라고 불리는 섬이 있다. 하시마는 한때 일본에서 석탄을 가장 많이 캐는 탄광이 있던 곳이다. 그곳으로 강제 동원된 노동자들 중에는 열서너 살짜리 소년들도 많았다. 1000m 깊이로 파 내려간 갱도는 폭이 좁고 경사가 심해 똑바로 설 수조차 없었다.

조선인 노동자들은 무너질 위험이 있는 갱도 속에서 거의 맨몸으로 석탄을 캐야 했다. 실수를 하거나 일이 더디면 사정없이 채찍질이 날아왔다. 음식이라고는 동물 사료로나 줄 법한 콩깻묵뿐이었다. 그나마도 아파서 일을 하지 못하면 주지 않았다. 다치거나 병이 나도 제대로 치료조차 해 주지 않았다. 죽어도 그만이었다.

조선인 노동자들은 한번 들어가면 살아 나올 수 없는 그 섬을 지옥 섬이라고 불렀다. 그 섬은 얼마 전 근대 산업 유산으로 유네스코 세계문화유산에 등재됐다.

배가 고파요
어머니 보고 싶어
고향에 가고 싶다

일본 군함도
조선인 노동자는 지옥 섬이라 불렀으나
지금은 유네스코 세계문화유산에 등재되었다

빌뉴스의 백골

한 마디, 한 마디가 글자가 아니라 피맺힌 절규 같다. 누군가의 자식이거나 형제거나 남편이거나 아버지였을 조선인들은 그렇게 억울하게 죽어 갔다. 그런데 일본은 사과나 배상은커녕 그런 사실조차 인정하려 들지 않고 있다.

군함도에 있던 조선인 강제징용 피해자 유골도 다카시마라는 섬으로 가져다 한꺼번에 묻어 버렸다. 그러고는 명단도 위패도 모두 태워 버렸다. 없었던 존재로 만들어 버린 것이다. 광복된 지 칠십 년이 지난 지금, 그분들의 한 맺힌 넋은 어디를 떠돌고 있을까?

지구상에 일어났던, 그리고 현재에도 계속되고 있는 수많은 전쟁들. 누구를, 무엇을 위한 전쟁일까? 나라와 가족을 위해서라고 하지만 가족과 나라를 떠나게 만든다. 평화와 행복을 위해서라고 하지만 정작 평화와 행복을 파괴한다. 또한 소중한 한 사람, 한 사람을 한낱 소모품으로 전락시킨다. 이것이 전쟁의 진짜 얼굴이다.

빌뉴스 광장에서 주위를 둘러본다. 여자, 남자, 아이, 어른이 어우러져 웃고, 싸우고, 울고, 화해하며 살아가고 있다. 그들의 이야기가 모여 건물과 거리와 골목의 역사가 된다. 빌뉴스와 지옥 섬의 백골 역시 광장의 사람들처럼, 나처럼 살아 숨 쉬던 존재였다.

빌뉴스 광장

빌뉴스의 백골

희로애락을 느끼던 인간이었다. 하지만 거대한 역사에 개인의 역사를 빼앗긴 존재들이다.

하늘을 올려다본다. 떠도는 구름이 그들의 영혼 같다.

눈이 시리다. 마음도 시리다.

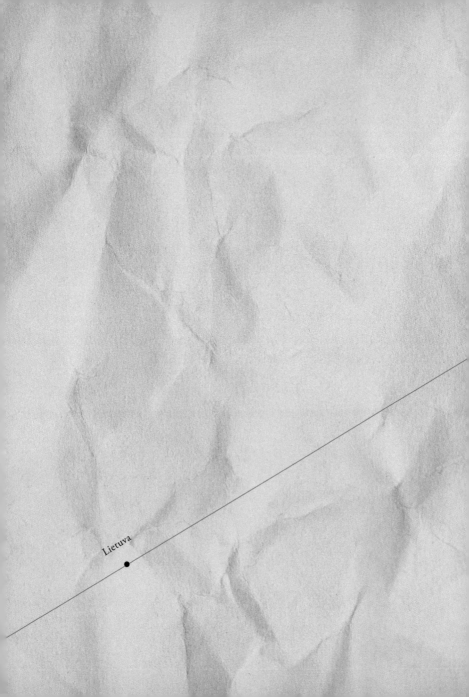

Lietuva

시간은
사라지지__않는다
이종선

눈앞에서 십삼 일이라는 시간이 사라지기도 하고 나타나기도 했다. 카우나스Kaunas는 리투아니아에서 두 번째로 큰 도시로 한때는 수도였던 곳이다. 그런데 이 카우나스에 기적 같은 십삼 일의 시간을 만들어 내는 다리가 있다. 바로 네무나스Nemunas 강 사이에 놓여 있는 비타우타스 다리Vytautas Didžiojo tiltas가 그것이다. 다리 하나를 건너면 십삼 일이 지나 있기도 하고 십삼 일 전으로 돌아가기도 한다는 것이다. 도대체 다리의 길이가 얼마나 되느냐고? 다리의 길이 때문이 아니니 오해는 말자.

비밀은 바로 달력에 있다. 다리의 양쪽 지역이 서로 다른 달력을 사용해서 빚어진 일이라고 한다. 한쪽은 러시아 정교회 달력

십삼 일이 걸쳐져 있는
비타우타스 다리

시간은 사라지지 않는다

인 율리우스력, 다른 쪽은 로마 가톨릭교 달력인 그레고리력을 썼다. 두 달력의 날짜 차이가 십삼 일이 난다. 그러니까 100m 남짓한 다리를 건너면 십삼 일이 지나 있는 셈이다. 이 때문에 우스갯소리로 '세상에서 가장 긴 다리'라는 별명이 붙었다고 한다. 이 다리야말로 실현 가능했던 타임머신이 아닐까 싶다. 만일 십삼 일이라는 시간이 주어진다면 무엇을 할까? 시험을 앞둔 학생이라면, 어딘가에서 여행을 하고 있다면, 죽음을 앞둔 환자라면. 각자가 갖는 십삼 일의 크기는 다 다를 것이다. 시간이야말로 객관적인 수치화가 가능한 공평한 영역이라고 생각했는데 이토록 주관적일 수가 있다니.

신들의 신, 천둥의 신인 '페르쿠나스Perkūnas' 때문에 유명해진 건물이 있다. 천둥의 신은 당연히 '제우스Zeus'가 아니냐고 반문할 수 있겠다. 제우스도 맞고 페르쿠나스도 맞다. 그리스 신화가 워낙 유명해서 그렇지 세계 각국에는 서로 다른 이름으로 불리는 천둥의 신은 얼마든지 있다.
이 건물이 '페르쿠나스의 집Perkūno namas'이라고 불리게 된 까닭은 건물 수리 공사 때 벽 안에서 페르쿠나스 동상이 발견된 뒤부터라고 한다. 그렇다고 그리스 신전의 기둥 건물을 떠올리면 안 된다. 페르쿠나스의 집은 재료만 봐서는 별다를 것 없는 붉은 벽돌 건물이다. 하지만 어딘가 아기자기하면서도 화려하다. 금칠을 하거나 다른 재질을 사용한 것은 아니다. 벽돌 모양에만 변화를 주었다. 구울 때부터 아예 여러 형태의 벽돌 모양을 만들어서 장식성을 높였다고 한다. 페르쿠나스를 떠올려서 그런지 끝부분이 번개 모양을 상징하는 것처럼 보이기도 했다.

발트3국의 어느 기념품점에서나 만날 수 있는 호박! 이 호박에도 페르쿠나스 신의 이야기가 숨어 있다. 호박은 누렇고 투명한 빛깔 때문에 오래전부터 '발트해의 황금'이라고 불렸다.
유라테Jūratė는 인어 모습을 하고 있는 아름다운 여신이다. 유라테는 발트해 깊은 곳, 온통 호박으로 이루어진 아름다운 성에 살고 있었다. 호박 궁전은 눈부신 황금빛으로 빛났다. 유라테는 발트해와 바다 생명들을 평화롭게 다스리고 있었다. 그러던 어느 날, 카스티티스Kastytis라는 젊은 어부가 평화로운 바다에 불안감을 드리웠다. 그는 한꺼번에 너무나 많은 물고기를 잡았다. 바다의 규칙을 어긴 것이다. 유라테는 바다의 평화를 되찾기 위해 그에게 벌을 주기로 결심했다. 하지만 유라테는 카스티티스를 보자마자 첫눈에 반하고 말았다. 카스티티스도 마찬가지였다. 그들은 호박 궁전에서 행복한 시간을 보냈다. 하지만 신들의 신 페르쿠나스가 알게 되었고, 페르쿠나스는 신이 한낱 인간과 사랑

페르쿠나스의 집

리투아니아 팔랑가에 있는
유라테와 카스티티스 동상

ⓒ위키피디아

시간은 사라지지 않는다

에 빠졌다는 사실에 격노했다. 그는 천둥 번개로 호박 궁전을 모조리 부수어 버렸다. 결국 황금빛으로 빛나던 아름다운 호박 궁전은 산산조각이 나고 만다.

발트 해안가에서 발견되는 호박은 바로 그때 조각난 파편들이다. 평소에는 바다 밑바닥을 긁어서 그물로 채취하지만 폭풍우가 심하게 치는 날이면 호박이 해안가로 떠밀려 왔다고 한다. 호박은 해안가 사람들에게 신이 주는 선물이다.

물론 이는 신화일 뿐 호박이 정말로 이렇게 생겨난 것은 아니다. 호박은 나무의 송진이 땅속에 파묻혀 돌처럼 굳어진 보석이다. 수천만 년의 시간 동안 땅속에서 굳어져야만 생기는 것이다. 결국 호박은 송진과 시간의 합작품이다. 아름다운 보석이 탄생하려면 이렇게 오랜 세월이 필요하다. '숙성'을 해야만 진짜 값어치가 드러나는 것이다.

우리의 삶은 어떨까 싶다. 뭐든 오랫동안 갈고 닦으면 결과물이 생기는 것일까. 현실의 냉혹한 결과에 맞닥뜨릴 때마다 시간의 법칙에 의문을 제기할 때가 한두 번이 아니다. 하지만 결국은 이런 순간에도 시간에 기대어 고통을 잊고 다시 내일을 기대한다. 시간은 우리에게 든든한 어깨를 내어 주는 가장 오래된 고마운 친구이다.

구시가지 광장에서 네리스 강 쪽으로 발길을 돌리다 보면 카우나스 성이 나온다. 카우나스 성은 리투아니아에서 가장 오래된 석성이다. 카우나스는 중부에 위치한 지리적 특성 때문에 외부 세력을 차단하고 보호하는 역할을 담당해 왔다.

십자군 전쟁 당시 설립된 로마 가톨릭교의 튜튼 기사단은 십자군 전쟁이 끝난 뒤에도 가톨릭 전파와 교역지를 찾아 세력을 확장한다. 리투아니아는 튜튼 기사단을 맞아 여러 차례 전투를 벌이는데 카우나스 성도 튜튼 기사단의 공격으로 함락된 적이 있다. 카우나스 성의 정확한 건립 연도는 알려지지 않았지만, 원형탑 꼭대기의 풍향계에서 성의 역사를 짐작할 수 있다. 화살표 모양의 풍향계에 '1361 카우나스'라고 되어 있는데, 튜튼 기사단의 기록에 처음 등장한 연도라고 한다.

카나우스 성은 원형탑과 성벽의 일부만 복원되어 있었다. 성벽의 길이나 해자의 넓이로 봐서는 규모가 꽤 큰 성이었다는 것을 짐작할 수 있었다. 그런데 해자였던 곳에 지금은 잔디밭이 넓게 깔려 있고, 놀이 시설이 있어 아이들이 신나게 놀고 있었다. '전쟁터와 놀이터' 과거와 현재라는 시간을 뛰어넘어 전혀 어울릴 것 같지 않은 두 낱말이 한 장소에 공존한다는 것에 묘한 감정이 일었다.

'전쟁의 적은 결국 전쟁 그 자체'라는 말이 있다. 허물어져 내린 성벽처럼 전쟁은 영원한 구시대의 유물이어야 한다.

복원된 원형탑은 원래 있던 성돌과 새로 쌓아 올린 성돌의 구분이 확연했다. 아래 부분은 색깔이나 형태가 낡고 깨져서 세월의 흐름이 고스란히 느껴졌다. 마치 켜켜이 쌓인 세월이 보이는 듯했다. 시간이란 흐르고 나면 사라져 버리는 것 같지만, 현재를 떠받치는 주춧돌이다. 지금의 나는 어떤 시간들이 쌓인 결과물인지 생각하게 했다.

악마 박물관Velnių muziejus에 전시된 '히틀러와 스탈린'의 동상은 한번 더 그런 생각을 하게 만들었다. 카우나스에는 박물관이 많다. 미술 박물관을 비롯해서 동물 박물관, 전쟁 박물관, 문학가를 기리는 박물관까지 다양하다. 그중에서 가장 독특한 곳은 바로 악마 박물관이다. 안타나스 즈무이자나비츄스Antanas Žmuidzinavičius라는 화가가 평생을 모은 작품들을 전시한 곳이다. 악마 박물관에는 나무로 조각한 다양한 악마의 모습이 전시되어 있다. 대개는 쌍뿔이나 외뿔이 달려 있다. 꼬리도 있는데 꼬리 끝은 삼각형 모양으로 뾰족했다. 보기만 해도 무서운 악마가 있는가 하면 장난기 가득한 악마도 있었다.

악마의 모습을 한 '히틀러와 스탈린'의 동상은 2층 전시관에 있

시간은 사라지지 않는다

다. 바닥에는 해골이 쌓여 있고, 히틀러와 스탈린은 마치 리투아니아를 짓이기듯 유린하는 모습이다. 이들은 어쩌다가 이곳에 악마의 모습으로 남게 되었을까?

제2차 세계대전이 일어나기 바로 전인 1939년 8월 23일, 히틀러와 스탈린은 독—소 불가침조약을 맺었다. 제1차 세계대전 이후 러시아 혁명과 독일의 패망이라는 혼란이 있을 때 잠시나마 독립국가를 이루었던 리투아니아에 다시 먹구름이 드리웠다. 결국 히틀러는 폴란드를 침공하면서 제2차 세계대전을 일으켰고 리투아니아를 비롯한 발트3국은 스탈린에게 점령을 당했다. 세계의 여러 나라에서 수많은 생명들이 자신의 의지와는 관계없이 강대국의 이해에 따라 목숨을 잃는 끔찍한 전쟁이 일어나게 된 것이다.

이것으로도 끝이 아니었다. 1941년, 독—소 불가침조약이 파기되었고 히틀러는 다시 발트3국을 침략했다. 결과적으로는 독일이 패했지만, 발트3국은 1990년 독립할 때까지 다시 소련에 편입되었다. 강대국 사이의 영토 다툼으로 발트3국은 죽음이 땅이 되어 숨을 죽여야 했다.

이미 히틀러와 스탈린이 죽은 지 육십여 년이 지났다. 하지만 리투아니아 사람들에게 그들은 과거의 사람들이 아니다. '히틀러와 스탈린'은 사람들의 기억 속에서 악마의 얼굴로 현재를, 그리고 미래를 살 것이다.

십 년 뒤일지 또는 오십 년 뒤일지 모를 미래의 어느 날, 우리 주변의 사람들은 우리를 어떤 얼굴로 기억하게 될까? 그것은 결국 나에게 주어진 시간을 어떻게 보내느냐에 달렸으리라. 내 자신을 사랑하고 가족과 이웃을 사랑하고, 주어진 내 시간에 떳떳할 수 있다면 내 얼굴에 책임을 지는 자세가 아닐까. 카우나스에서 그동안 지나온 내 시간을 돌아본다.

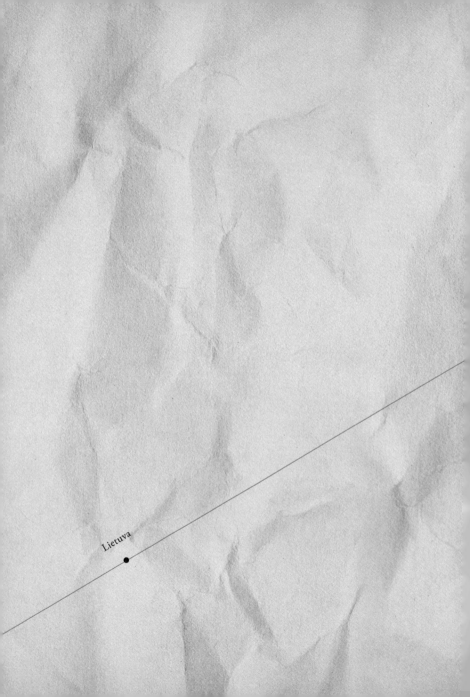

Lietuva

열망의__무게

오미경

세 나라 가운데 가장 마지막에 발을 딛게 된 나라, 리투아니아.
발트3국 가운데 가장 낯익은 나라는 리투아니아였다. 뮤지컬 〈명
성황후〉의 음악 감독으로 이름을 날리기 시작해, 텔레비전 예능
프로그램에서 특유의 열정과 카리스마로 인기를 얻으면서 한때
문화 아이콘으로 부상했던 박칼린 덕이다. 그의 어머니가 바로
리투아니아 사람이다. 큰 키와 시원시원한 서구적 이목구비의
박칼린은 리투아니아인 어머니와 한국인 아버지 사이에서 태어
났다. 박칼린에게 리투아니아의 피가 흐른다는 걸 세상 사람들
에게 알려 주는 데 한몫한 게 있는데 그건 바로 《리투아니아 여
인》이라는 이문열 소설이다.

이문열은 뮤지컬 〈명성황후〉를 만드는 과정에서 박칼린을 만났고, 박칼린으로부터 어머니와 이모들의 비극적이고도 드라마틱한 가족사를 듣고 소설을 쓰게 되었다고 한다. 큰 눈을 통해 뿜어져 나오는 열정, 확신으로 가득 찬 당당함, 부드러운 카리스마…… 박칼린, 하면 떠오르는 것들이다. 박칼린과 사돈의 팔촌 관계도 아니지만 멋진 한 여성의 반쪽 피를 만들어 준 나라라는 것만으로도 리투아니아는 왠지 친근했다. 그리고 묘한 끌림이 있었다. 매력 있는 사람의 모든 것이 그냥 끌리듯이.

리투아니아 여행 둘째 날. 수도 빌뉴스를 떠나 샤울리아이Šiauliai로 향했다. 십자가 언덕으로 유명한 곳이다.

소설 《리투아니아 여인》도 화자인 '나'가 십자가 언덕 사진을 보면서 여자를 추억하는 것으로 이야기가 시작된다. 십자가 언덕 입구에선 소박한 매점이 관광객들을 맞이해 주었다. 그곳은 온통 십자가로 가득했다. 십자가 언덕을 찾는 많은 사람들이 이곳에서 십자가를 사서 가슴에 품고 언덕으로 올랐다. 매점에서 파는 온갖 종류의 십자가들을 구경하고 나서 십자가 언덕을 향해 걸었다. 멀리 보이는 십자가 언덕의 형체. 그곳에 도착하기도 전에 벌써 마음이 숙연해졌다.

점점 가까이 갈수록 십자가 언덕은 선명하게 얼굴을 드러냈다.

열망의 무게

사진으로 보긴 했지만 눈앞에 펼쳐진 모습은 거의 충격에 가까웠다. 땅이 보이지 않을 정도로 빽빽한 십자가들. 큰 십자가에는 셀 수도 없는 작은 십자가들이 마치 젖먹이 아기들처럼 주렁주렁 매달려 있었다. 십자가에 또 십자가, 겹겹이 포개지고 쌓인 십자가들은 그저 '많다'는 말로는 뭔가 부족했다. 많다 못해 엄숙하고도 무거운 하나의 커다란 덩어리 같은 느낌? 십자가가 많으려니, 짐작은 했지만 이 정도로 많을 줄은 몰랐다.

어느 십자가는 자기 몸에 매달린 수많은 십자가의 무게를 견디지 못해 허리나 어깨가 굽기도 했다. 마치 식구가 줄줄이 딸린 가난한 집 가장의 구부정한 어깨처럼. 곳곳에 있는 나무들도 형편은 마찬가지였다.

손이 닿는 곳마다 어김없이 십자가가 주렁주렁 매달려 있었다. 십자가의 종류는 그야말로 각양각색이었다. 사람 키 몇 배를 훌쩍 뛰어넘는 큰 십자가부터 손가락만 한 작은 십자가까지, 일반적인 모양의 십자가부터 태양 꽃 나뭇잎 새 등 문양이 조각된 십자가까지 무척 다채로웠다. 십자가 위에 소망을 담은 모국어도 다 달랐다.

이 거대한 십자가 언덕은 도대체 언제, 어떻게 생겨나게 된 걸까? 딸이 아파서 아버지가 이곳에 십자가를 세웠는데 병이 나아 그 뒤부터 생겨났다는 이야기가 있지만, 기원은 분명치 않다. 처음 시작이야 어찌 되었든 간에 나중엔 단순히 개인적인 차원을 넘어서 민족적 저항의 장소로 쓰인 것만은 분명하다.

이 언덕에 십자가가 본격적으로 세워지기 시작한 것은 오랜 세월 주변 강대국들 지배를 받은 리투아니아의 슬픈 역사와 관련이 깊다.

14~16세기에 동유럽 대부분을 지배했던 리투아니아는 강국이었다. 하지만 점차 세력이 약해져 1795년에 러시아 지배를 받게 된다. 당시 러시아의 수탈에 견디다 못한 농민들은 대규모 반란을 일으켰고, 많은 사람들이 붙잡혀 시베리아로 끌려가게 되었다. 가족들은 그들이 무사히 살아 돌아오길 바라는 마음으로 이곳에 십자가를 세웠다고 한다. 아마 희생당한 가족을 추모하기 위해서도 세웠으리라. 러시아 눈에 십자가 언덕이 고왔을 리 없다. 러시아군은 강제로 십자가를 철거했다.

그러나 밤이 되면 또다시 십자가들이 생겨났다. 강한 권력으로 짓뭉개도 리투아니아인들의 정신은 끝끝내 다시 살아났던 것이다. 아무리 북풍이 매섭게 휘몰아쳐도 봄이 되면 어김없이 새싹이 돋고 꽃이 피어나듯이.

1918년부터 1940년까지 독립국가로 짧은 봄을 누린 뒤, 리투아니아는 다시 소련의 지배를 받게 되었고, 그 뒤로 십자가는 점점 더 쌓였다고 한다. 소련 당국은 눈엣가시인 십자가 언덕을 없애려고 이곳에 전염병이 돈다는 헛소문을 퍼뜨리며 도로를 차단하기도 했지만, 십자가를 막아 낼 수는 없었다. 개구리가 깨어나지 못하게 겨울잠 자는 개구리를 다 잡아 죽이고, 꽃나무 모가지를 꺾는다고 해서 봄이 안 오겠는가? 소련은 결국 두 손을 들 수밖에 없었다.

리투아니아인들에게 십자가는 단순한 십자가가 아니었다. 그들에게 십자가는 억압당하며 흘린 그들의 피눈물이며, 외세에 대한 저항의 몸부림이고, 자유를 향한 외침이었다. 한마디로 민족정신의 상징이었던 것이다.

십자가 언덕 위에 있는 십자가 수는 십만여 개라고 한다. 어쩌면 그보다 훨씬 더 많을지도 모른다. 매년 수만 명이 찾아온다는 이곳. 입이 다물어지지 않을 정도로 많은 십자가들!

조용히 걷고 싶어 일부러 일행들과 떨어져 한적한 곳을 찾아 천천히 걸었다. 언덕 위까지 올라 작은 샛길로 접어들어 얼마쯤 내려가고 있는데, 초로의 두 여인이 십자가를 들고 올라왔다. 리투아니아 사람인지 다른 나라에서 온 관광객인지 모르겠지만 십자가를 들고 온 사연이 범상치 않아 보였다. 한 사람은 눈물을 철철 흘리면서 십자가를 땅에 꽂았고, 함께 온 사람도 연신 눈물을 훔치면서 십자가 꽂는 걸 도왔다. 가족 중에 누군가 병석

<u>1993년, 교황 요한 바오르 2세의 방문을 기념해 세운 십자가</u>

열망의 무게

에 있는 걸까? 아니면 세상을 떠나기라도 한 걸까? 너무도 간절
하고 애달파 보이는 모습을 먼발치에서 지켜보는데 내 눈에서도
눈물이 흘렀다. 그리고 마음속에선 기도가 저절로 흘러나왔다.

'부디 저 분에게 평화가 깃들기를, 부디 마음속 기도가 이루어지
길……'

그들 곁을 지나쳐 내려오는데 간절한 모습의 잔영이 내내 뒤따
라왔다. 옆을 스치는 십자가들이 더 무겁게 다가왔다. 끊이지 않
고 이어지는 십자가 행렬! 질문 하나가 머릿속에서 떠나지 않고
맴돌았다.

'저 많은 십자가 하나하나엔 어떤 기원과 열망들이 담겨 있을
까?'

우리나라 서낭당 주변이나 절 주변, 돌이 있는 곳이면 어디서나
보이는 작은 돌탑들을 볼 때도 늘 같은 생각이 들었다. 무슨 열
망들이 저렇게 많은 걸까?

누군가는 가족의 건강과 안녕을 빌었을 테고, 또 누군가는 영원
한 사랑을 염원했을 테고, 누군가는 권력과 명예를 갈구했을 것
이다.

사람들은 누구나 무언가를 소망하면서 산다. 십자가 언덕이 리
투아니아 사람들에겐 민족정신의 산실로, 종교인들에겐 성지로
아로새겨져 있겠지만 내겐 소망, 바람의 언덕으로 보였다.

'취직하게 해 주세요, 병 낫게 해 주세요, 돈 많이 벌게 해 주세요, 짝사랑이 이루어지게 해 주세요, 내 집 갖게 해 주세요, 좋은 사람 만나게 해 주세요⋯⋯.'

십자가를 땅에 꽂으면서 또는 큰 십자가나 나뭇가지에 걸면서 두 손 모아 간절히 빌었을 것이다. 평소 가슴속에 품고 있던 여러 열망들 중에서도 가장 강한 걸 기원했을 것이다. 그 기원을 현실로 이룬 사람도 많으리라. 가슴속 바람은 그에 걸맞은 태도를 만들고 그 태도가 결국 성취로 이어지는 게 아닐까?

사람들은 얼굴 생김이 다르듯이 저마다 다른 삶을 살아간다. 강물이 흐르듯이 부드러운 삶, 파도치듯 격렬한 삶, 단조롭고 밋밋한 삶, 변화무쌍하고 활력 넘치는 삶⋯⋯. 개개인 삶의 무늬는 결국 가슴속 소망들이 하나하나 모여 만들어지는 게 아닐까? 권력, 명예, 부, 사랑, 학문, 예술⋯⋯ 지향하는 것에 따라 삶의 결도 달라지게 마련이다.

요즘 도시 변두리에 집을 짓고 있는데 남편이랑 둘이서 자주 옥신각신한다.

"조경석 사이에 흰 연산홍 심자. 빨강이나 분홍색은 너무 천박해 보이고 질려."

"누가 집에 흰 꽃을 심어? 묘지에나 흰 꽃 심지."

"그런 게 어딨어? 좋으면 심는 거지."

"울타리에 회양목을 심어야겠어."

"회양목보다 주목이 좋아. 나무가 왠지 기품이 있잖아."

"주목은 너무 크게 자라서 안 돼."

"너무 크지 않게 잘라 주면 되지, 그게 뭐가 문제야? 울타리에 주목이 제일이야."

꽃이랑 나무 심는 일로 남편이랑 토닥거리다 문득, 결혼 전 연애할 때 남편이 입버릇처럼 하던 말이 떠올랐다.

"우리 살면서 다른 문제로 다투지 말고 마당에 무슨 꽃을 심을까 무슨 나무를 심을까, 그런 걸로 다투자."

결혼하고 나서 아이들 키우며 바삐 살다 보니 그 말을 잊고 지냈다. 남편한테 그 말을 했더니 남편도 "맞아, 그랬었지." 하면서 놀라워했다. 남편도 나도, 막연하게나마 먼 훗날엔 집을 지어 마당에 좋아하는 꽃과 나무를 심고 살고 싶다는 바람이 있었다.

결혼하면 무슨 꽃 심을까 무슨 나무 심을까, 그런 걸로 다투자던 남편의 말은 결국 우리 삶의 지향점이었던 셈이다. 우리 부부는 비록 잊고 있었지만 그와 비슷하게 살아온 것 같다. 재물에 크게 욕심 부리지 않고, 작은 일들로는 옥신각신하면서도 큰 지향점은 같게. 앞으로도 또한 그렇게 살아갈 것이다.

십자가 언덕은
사람들의 간절한 열망이
가득 쌓인 바람의 언덕이다

열망의 무게

십자가 언덕을 다 내려와 뒤돌아보았다. 처음 보았을 때 왜 그렇게 무겁게 느껴졌는지 이유를 알 것 같았다. 십자가에 얹힌 사람들 열망의 무게 때문이었다. 그 위에 나도 슬그머니 열망 하나를 더 얹었다. 우리 가족의 건강과 뜻하는 바의 성취를. 그리고 인류 평화를 위해 기도했다.

'이 세상에 전쟁이 없어지기를⋯⋯ 그 어떤 폭력으로도 고통당하는 사람이 없기를⋯⋯.'

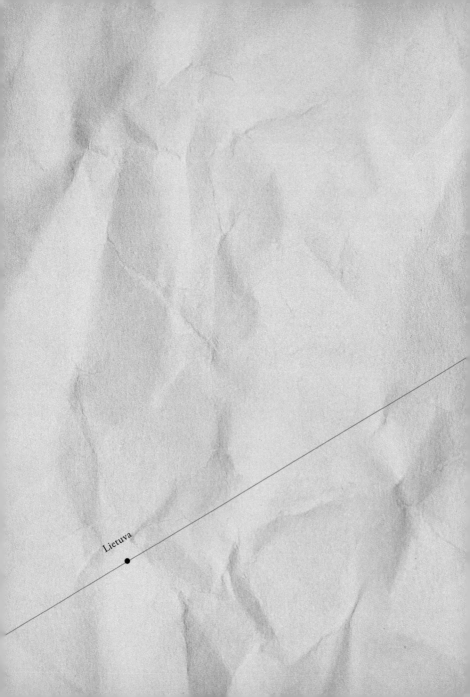

Lietuva

진정한__리더가
그리운__시대

이종선

'호수의 나라'
'흥과 한의 나라'
'세계적인 농구 강국'
'유럽을 호령했던 강대국'

다른 것은 그렇다고 쳐도 '강대국'이라는 말은 왠지 리투아니아와
어울리지 않는다고 생각할 수도 있겠다. 발트3국에 드리워진 외세
의 그림자를 이미 충분히 목격했으니까. 하지만 리투아니아의 중
세는 에스토니아나 라트비아와는 달랐다. 리투아니아는 발트해
에서 흑해에 이르는 강대국이었다. 그렇게 된 까닭이 한 가지만은

호수 위에 떠 있는 듯한 트라카이 성

진정한 리더가 그리운 시대

아닐 테지만 무엇보다 그들에게는 훌륭한 지도자가 있었다.

사면이 호수에 둘러싸인 트라카이 성은 마치 호수 위에 떠 있는 듯한 착각을 일으킨다. 맑고 푸른 호수와 그보다 더 푸른 하늘 사이에 안긴 듯 놓여 있는 붉은 벽돌 성을 바라보는 것만으로도 평화로웠다.

요트나 오리 배로 한가로이 성 주변을 도는 사람들도 보였다. 겨울에는 호수가 꽁꽁 얼기 때문에 얼음 위를 걸어서도 들어갈 수 있다고 한다. 덕분에 사계절 모두 사랑받는 곳이다.

트라카이Trakai는 빌뉴스로 수도를 옮기기 전까지 리투아니아의 수도였다. 지금은 트라카이 성 덕분에 대표적인 관광지가 되었지만 강성했던 리투아니아의 역사는 이곳에서부터 시작된다.

다신교 국가였던 리투아니아는 지도자에게 '왕'이 아닌 '대공'이라는 이름을 붙였다. 왕이라는 칭호는 로마 교황이 인정해야만 붙일 수 있는 이름이었다. 하지만 1253년에 부족국가였던 리투아니아를 최초로 통일한 민다가우스Mindagaus 왕은 가톨릭 세례를 받았기 때문에 왕으로 불렸다. 그가 즉위했던 7월 6일은 지금도 개천절과 같은 의미로 리투아니아의 국경일이다.

트라카이에서 태어나고 생을 마감한
비타우타스 대공의 목상

진정한 리더가 그리운 시대

민다가우스 왕의 뒤를 이은 게디미나스Gediminas 대공은 수도를 트라카이로, 뒤이어 다시 빌뉴스로 정한다. 튜튼 기사단은 이미 에스토니아와 라트비아를 정복하고 기독교 전파를 명목으로 리투아니아를 압박하고 있었다.

하지만 리투아니아는 만만한 상대가 아니었다. 몽골의 침략으로 몸살을 앓던 러시아의 일부 지역까지 통치하는 등 강력한 중앙집권 체제를 구축하고 있었다. 현재의 우크라이나, 벨라루스 지역이 이때 리투아니아의 영토였다.

게디미나스는 '리투아니아가 개종하지 않은 까닭은 튜튼 기사단의 야욕에 저항하여 국가를 지키기 위한 선택'이라고 편지 써서 교황에게 보냈다. 교황의 저지로 리투아니아는 전쟁을 면할 수 있었다. 게디미나스는 그만큼 외교에도 능했다.

게디미나스가 죽은 뒤 그의 아들 둘이 리투아니아를 공동으로 통치한다. 하지만 권력은 나눌 수 없는 것이라고 했던가. 다시 후계를 계승하는 과정에서 다툼이 일어난다. 사촌 관계인 비타우타스Vytautas와 요가일라Jogaila는 대공 계승을 둘러싸고 팽팽히 맞섰다. 결국 요가일라가 대공이 되었다. 비타우타스는 조용히 때를 기다렸다. 나라 밖에서는 여전히 튜튼 기사단이 영토를 침략하고 있는 상황이었다. 리투아니아로서는 새로운 돌파구가 필요했다. 때마침 이웃 나라인 폴란드에서 열두 살의 야드비가 Jadwiga Andegaweńska가 여왕이 된다.

강력한 통치자를 원했던 폴란드 귀족들은 인접국이면서 동유럽의 강자였던 리투아니아와의 동맹을 추진한다. 리투아니아가 기독교로 개종하는 것을 조건으로 요가일라와 야드비가는 결혼 동맹을 맺는다.

그러자 폴란드 왕위도 겸임해야 했던 요가일라의 영향력은 점차 약화되고 비타우타스의 입지가 강해졌다. 요가일라는 어쩔 수 없이 비타우타스를 대공으로 인정한다. 비타우타스는 리투아니아 전 지역에 대한 통제권을 얻었고 자신에 대한 지지를 바탕으로 강력한 정책을 펼친다.

튜튼 기사단의 영향력 아래에 있던 리투아니아의 일부 지역에서 저항운동이 일어나자 비타우타스는 이를 지원한다. 이미 기독교로 개종한 리투아니아를 튜튼 기사단이 지배하려고 하는 데에는 다른 목적이 있다는 것을 간파한 것이다. 이제부터는 기독교와 이교도의 갈등이 아니라 '성전(聖戰)'이라는 명목으로 자행된 독점 무역과 경제 침략에 맞선 전쟁이었다.

1410년, 비타우타스가 이끄는 리투아니아는 요가일라의 폴란드와 연합군을 결성한다. 튜튼 기사단과 전면전이 펼쳐진 것이다. 두 대군이 맞붙게 된 곳이 그룬발트Grunwald 인근 평원이다. 잘기리스 전투Žalgirio mūšis(폴란드어로는 그룬발트 전투)에서 연합군은 크게 이겨 튜튼 기사단의 동방 진출을 완전히 저지한다. 이 전투는 중세 유럽에서 가장 큰 전투로 기록될 뿐만 아니라 지금까지도 리투아니아 사람들에게 자부심으로 기억된다. 무엇보다 전쟁을 승리로 이끈 비타우타스 대공에 대한 신망은 오늘날까지 이어지고 있다.

트라카이 성에는 당시의 모습을 볼 수 있는 많은 전시물이 있다. 특히 트라카이에서 태어나고 생을 마감한 비타우타스 대공과 관계된 것들이 많다. 비타우타스와 그의 가족들의 초상화, 잘기리스 전투 장면을 그린 기록화, 화폐들, 개인 용병으로 고용했던 크림 반도의 타타르인들의 생활 모습까지 다양하다. 현재 예배당과 콘서트홀로 쓰이는 연회장은 비타우타스 대공이 잘기리스 전투에서의 승리를 자축하며 일주일간 화려한 연회를 개최한 곳이라고 한다. 작지만 강한 나라였던 리투아니아의 함성이 들리는 듯했다.

전시관을 돌아보면서 비타우타스에 대한 리투아니아 사람들의 각별한 애정을 느낄 수 있었다. 특히 초상화가 그랬다. 비타우타스의 초상화는 왕으로서의 풍모가 넘치는 모습이었다. 하지만 그림에는 비밀이 숨겨져 있다. 초상화는 왕관을 쓴 모습으로 그

트라카이 성에 전시된 비타우타스 대공 초상화

진정한 리더가 그리운 시대

려졌지만 실제로는 왕관을 쓰지 못했기 때문이다.

1429년, 비타우타스가 죽기 일 년 전, 비타우타스는 리투아니아
의 왕위를 요구한다. 실질적으로는 이미 비타우타스가 왕이었지
만 명목상으로는 여전히 요가일라가 왕이었기 때문이다.

요가일라는 마지못해 승낙하지만 폴란드의 귀족들은 반대한다.
왕관은 폴란드 귀족들에 가로막혀 전달되지 못한다. 또 다른 왕
관이 리투아니아로 보내졌지만 이미 비타우타스가 숨진 뒤였다.

더욱 안타까운 일은 비타우타스가 죽은 뒤에 벌어진다. 리투아
니아 귀족들은 점차 폴란드의 말과 문화를 추종하며 부패해 갔
다. 정체성을 잃은 민족이 어떻게 주권을 지킬 수 있겠는가. 결국
1569년, 루블린 연합을 통해 리투아니아는 사실상 폴란드의 종
속국이 된다.

폴란드 역시 서서히 세력이 약화되다가 여러 강대국의 이해에
따라 3차에 걸쳐 분할된다. 리투아니아는 3차 때인 1795년에 제
정러시아에 분할되어 영예롭던 시기를 뒤로한 채 백여 년이 넘도
록 식민 지배를 받게 된다.

'비타우타스 성당, 비타우타스 매그너스 대학, 국립 비타우타스
전쟁 박물관.'

한 사람의 이름이 이렇게 여러 곳에 붙은 예가 얼마나 될까? 리투아니아에는 비타우타스를 기리는 동상을 비롯해서 그의 이름이 붙은 많은 건축물이 있다. 비타우타스라는 이름을 가진 사람도 많이 볼 수 있는데 그에 대한 리투아니아 사람들의 존경의 표시라고 한다.

'비타우타스 매그너스 대학'에 처음부터 그의 이름이 붙은 것은 아니었다. 설립한 지 팔 년이 지난 뒤에 그를 추앙해서 바꾼 것이다. '매그너스'라는 말은 '위대한'이라는 뜻이다. 지금도 리투아니아 사람들은 그의 이름 앞에 늘 '위대한'이라는 말을 붙여서 쓴다.

리투아니아 사람들에게 비타우타스는 어떤 존재였기에 죽은 지 오백 년이 지나도록 추앙을 받는 것일까.

지난한 독립운동의 과정에서 그는 희망과도 같은 존재였다. 제정 러시아에 분할된 리투아니아는 여러 차례에 걸쳐 대규모 독립운동을 벌인다. 그러나 독립의 길은 멀고 길었다. 빌뉴스 대학은 문을 닫고 리투아니아어 출판은 금지된다. 그러나 리투아니아 사람들은 좌절하지 않았다. 일부 지역에서 리투아니아 최초의 신문이 발행되고 민족주의 운동이 일어났다. 리투아니아 사람들은 끈질기게 저항을 한 것이다. 이러한 노력으로 출판 금지령은 해

비타우타스의 정신을 본 따 대학교 이름을 지었다

©비타우타스 매그너스 대학

제되고 제1차 세계 대전이 끝나고 리투아니아는 잠깐이지만 다시 나라를 되찾게 된다.

이런 리투아니아 사람들에게 비타우타스는 위대한 지도자일 수밖에 없다. 오백 년 전 유럽을 호령했고 무엇보다 외세인 튜튼 기사단의 공격을 막아 냈기 때문이다.

국가가 한 사람에 의해서만 흥망성쇠가 결정되는 것은 아니다. 하지만 지도자가 갖는 영향력은 클 수밖에 없다. 그래서 지도자에게는 여러 가지 자질이 요구되기 마련이다. 도덕성, 전문성, 창의성, 실천력, 이외에도 많다. 시대에 따라 요구되는 자질이 달라지기도 한다.

과거의 지도자들에게 필요한 것은 힘을 바탕으로 한 강력한 통치였다. 하지만 현대는 갈수록 복잡해지고 다양해지고 있다. 모두가 목소리를 내는 시대이다. 지도자라고 무조건 끌고 가서도, 그렇다고 끌려 다녀서도 안 된다.

모든 사람들의 의견은 존중하되 공통점을 찾아서 실천하는 것이 중요하다. 오늘날의 '위대한' 지도자는 자기 자신이 위대해지기보다는 모두가 자기 자리에서 '위대한' 능력을 발휘하게 만들어야 한다.

진정한 리더가 그리운 시대

리투아니아는 2004년 유럽연합에 가입했다. 유럽이라고 하는 정치·경제·문화의 정글 속으로 뛰어든 것이다. 그 속에서 자신들의 정체성은 지키면서도 세계와 발맞추어야 한다. 적과 아군이 분명했던 19세기보다 더 어려운 시대라고 할 수 있다. '위대한' 지도자가 어느 때보다 그리운 시대이다.

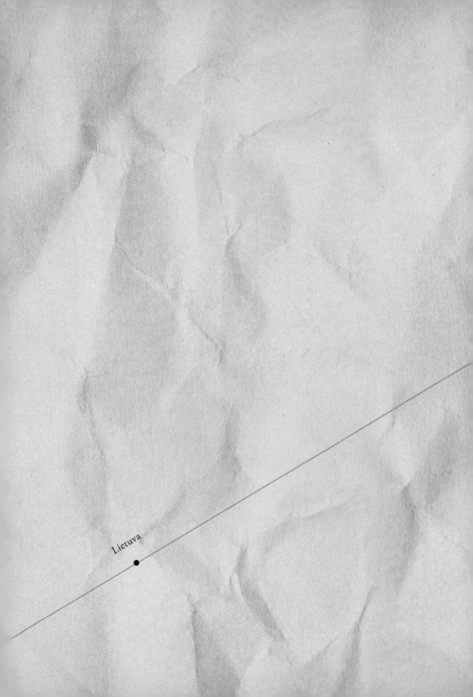

Lietuva

정령들의__숲

이종선

여행 중반에 접어들자 슬슬 지쳤다. 낯선 세상을 영접하는 설렘이나 함께하는 일행들과의 수다스런 흥분도 이쯤 되니 한풀 가라앉았다. 내내 함께 방을 쓰는 룸메이트에게 배려라는 이름으로 신경을 써야 하니 이만저만 피곤한 일이 아니었다. 가족이라는 익숙함이 주는 관계가 문득 그리웠다. 마음대로 활개치고 다닐 수 있는 내 방의 온전한 자유가 간절했다.

여행이라는 물리적 격리만으로도 일상에 위안이 되지만 그것도 잠시뿐이다. '이곳'에 있으면 '그곳'을 생각하는 이 미련함에서 평생 벗어날 수는 있을까.

어둑해질 무렵 도착한 드루스키닌카이Druskininkai는 리투아니아의 최남단 도시이다. 소금기가 섞인 광천수 덕분에 유럽에서는 꽤 유명한 휴양 도시라고 한다. 독립 이후 침체되었다가 유럽연합에 가입한 이후 조금씩 활기를 되찾고 있다고 했다. 휴양 도시에 왔으니 여정은 잠시 미뤄 두고 뒹굴거리며 며칠 쉬면 좋겠다는 생각을 했다. 그러니 '안타나스 체스눌리스Antano Česnulio'라는 민속 공예가가 운영하는 목각공원Skulptūrų ir poilsio parkas의 방문 계획은 그닥 흥미를 끌지 못했다.

마지못해 길을 나섰지만 직선도로를 달리던 차가 좁은 숲길로 들어서자 탄성이 나왔다.

"세상에!"

마치 순간 이동을 한 것처럼 다른 세상으로 쑥 빨려 들어간 듯했다. 꼼짝없이 숲에 포위를 당한 기분이었다. 내 키의 일곱 배, 어쩌면 열 배쯤 되는 나무들이 지붕처럼 하늘을 덮고 있었다. 위를 올려다보았다. 기분 좋은 어지럼증이 났다. 부지런한 숲이 뿜어내는 이상기류는 머리끝에서 발끝까지 나를 포박했다. 살갗에 닿는 신선한 공기는 지친 몸과 마음을 어루만져 주었다. 지쳐서 힘들었던 마음의 긴장이 저절로 풀어졌다. 숲 한가운데서 새삼 숲이 주는 편안함에 단박에 행복해졌다.

세계 각국의 인사말이 써 있는 조각상
유독 반가운 우리 말 '안녕'

정령들의 숲

나무 사이로 비쳐 드는 햇빛에 홀린 듯 두리번거렸다. 빽빽이 박힌 나무 사이에서 금방이라도 정령들이 튀어나올 것만 같았다. 오래된 나무에 살면서 나무와 사람들을 지켜 준다는 나무 정령. 여기가 그들이 사는 세상이구나!

'드로지뇨 엑스포지아Droziniu Ekspozicija'라는 글씨가 조각된 무지개 모양의 입구를 지나자 우리나라의 장승 같은 인디오 나팔수가 서 있었다.
'HELLO'라고 새겨진 글자를 보자 여러 나라의 인사말이라는 것을 알 수 있었다.
"어, 저기! '안녕'도 있어!"
느닷없이 선물을 받은 것처럼 기분이 좋았다. 요즘 한국 사람들의 방문이 많다더니 실감이 났다.
나무로 동물이나 사람 모양을 깎아 놓은 곳이겠거니 하며 크게 기대를 하지 않았는데 그게 아니었다. 개인이 운영한다고 해서 크기도 작을 줄 알았는데 웬만한 공원의 열 배는 됨직했다. 야외 전시장에는 조각가의 영감으로 태어난 많은 조각상들이 있었다. 게다가 실내 전시장과, 가족이 거주하는 살림집도 있다고 했다.

돌을 쌓아서 만든 둥근 우물 위에 철 뚜껑이 덮여 있었다. 그 위로 할아버지 조각상이 있었는데 자라목마냥 목은 앞으로 길게 빼고 어깨는 잔뜩 움츠린 채 앉아 있는 모습이었다. 할아버지가 왼손에 힘겹게 잡고 있는 줄을 당기면 오른손에서 실제로 물이 나왔다. 몇몇 사람들은 조각상이 왜 울상이냐며 타박을 했다. 하지만 나는 마음에 쏙 들었다. 왜 그랬는지 그때는 몰랐다.

우물을 지나면 50m가량의 돌담길이 이어져 있다. 안타나스 씨가 주변에서 옮겨온 돌로 쌓았다고 한다. 일부러 얼기설기 쌓아서 상자처럼 만들었는데 그 돌담 안에는 예수 모양을 한 나무 조각상이 가득했다.

안타나스 씨의 작품만이 아니라 리투아니아 전역에서 기증받은 작품들이라고 했다. 우리나라의 반가사유상과 비슷한 모양이었다. 이 나무 조각상을 리투아니아 말로 '루핀토엘리스Rūpintojėlis'라고 하는데 번역하면 '고뇌하는 작은 이'라고 한다. 한 손으로 턱을 괸 채 눈길을 떨구고 있는 모양이 이름과 잘 어울렸다. 루핀토엘리스는 예수님의 형상을 하고는 있지만 기독교적인 것만이 아니라 민속적인 신앙의 모습까지 담고 있다고 했다.

정령들의 숲

전지전능한 신의 모습이 아니라 고뇌에 찬 노인의 모습에서 안쓰러운 마음이 들었다. 나는 오래도록 루핀토옐리스들을 바라보았다. 그것은 절대적인 위엄에 사로잡힌 모습이 아니었다. 두려움에 고개를 숙이게 만드는 게 아니라 오히려 위로를 해 주고 싶은 모습이었다. '인간인 내가 이런 마음이 들어도 되나?'라는 생각이 들기도 했다.

어떤 면에서는 우리가 믿고 의지하는 신이라는 존재도 힘들겠다는 생각이 들었다. 신앙심이 있는 사람이든 없는 사람이든 혼자의 힘으로 벅찬 시기가 되면 한번쯤은 신을 떠올리게 된다. 신을 통해 구원을 받았든 받지 않았든 우리는 신을 괴롭힐 수밖에 없지 않겠는가. 나는 오히려 인간적인 그 모습에서 큰 위로를 받았다. 전지전능할 것만 같은 그분들도 괴로울 때가 있는데 나 같은 사람이야 더하지 않겠는가!

루핀토옐리스가 전시된 돌담길 끝에는 사람 크기의 다섯 배쯤 되는 거인 조각상이 있었다. 수염이 갈기처럼 난 얼굴을 잔뜩 찡그린 채 엉거주춤한 자세로 돌을 들고 있었다. 금방이라도 '끙끙' 거리는 소리가 날 것만 같았다. 우습게도 돌담을 만든 사람이 바로 이 거인이라는 게 안타나스 씨의 '주장'이라고 했다.

안타나스 씨는 반전이 있는 조각가다. 고정관념에 사로잡힌 우리의 생각을 와장창하고 깨뜨려 준다. 종일 우물을 길어 올리는 할아버지가 웃는 얼굴이기만 하겠는가. 그러면서도 동화적인 상상의 여지를 우리에게 넘겨준다.

'하하하! 정말 대단한 거인이에요, 안타나스 씨!'

나는 안타나스 씨의 말을 철썩 같이 믿기로 했다. 지금도 밤마다 나무 거인이 사람으로 변신해서 돌을 나르고 있을 것이다. 언젠가 다시 이곳을 찾는다면 분명 돌담은 더 길어져있겠지! 나무 거인을 향해 엄지를 들어 보이며 눈을 찡긋했다.

출구 쪽으로 발길을 돌렸다. 거기서 안나타스 씨가 나무 조각으로 들려주는 이야기에 한번 더 푹 빠졌다. '악마의 유혹'이라는 작품이었다. 열심히 일을 하는 대장장이를 악마가 술로 꾄다는 내용이다. 그런데 악마라기보다는 악동에 가까운 그들의 표정에 웃음이 절로 났다. 나무의 가운데 부분을 파서 입구를 만들어 놓았는데 입구 옆에서 술통을 들고 있는 악마가 하나, 문 위에서 어서 오라고 손짓하는 악마가 둘, 더 위의 지붕에서 다음 차례를 물색하는 악마까지 있었다. '임산부 및 노약자'가 아니라 유혹에 약한 사람이라면 아예 들어가지 않는 게 상책이라는 생각이 들었다.

정령들의 숲

"노동에 지친 대장장이여!
당신은 마실 자격이 충분하도다!"

정령들의 숲

그러면서도 어느새 입구를 통과하고 있었다. '차 한잔하자', '영화 한 편 보자'는 친구의 꾐에 잘 빠지는 나는 역시 유혹에 잘 넘어간다.

악마들의 소굴로 들어가 보니 먼저 와 있는 사람이 있었다. 바로 대장장이였다. 대장장이 손에는 땔감이 들려져 있었지만 벌써 반은 유혹에 넘어간 듯했다. 몸은 일터로 향했지만 고개는 옆 사람이 내미는 술잔에서 눈을 떼지 못하고 있었다. 그 얼굴은 선택의 순간을 맞은 갈등이 아니라 이미 넘어간 자신의 마음을 억누르려는 고통이었다. 대장장이의 일그러진 얼굴을 보니 너무나 안타까웠다. 그 악동들이랑 한패가 되어 대장장이에게 술이든 뭐든 한잔 건네고 싶었다.

"매일의 고된 노동에 지친 그대 대장장이여, 한번쯤은 그래도 되느니! 당신은 마실 자격이 충분하노라!"

이제 보니 나는 유혹에도 잘 넘어가지만, 그에 못지않게 유혹도 잘 하는 것 같다.

다시 입구로 나왔는데 안타나스 씨가 매표소 밖으로 나와 있었다. 말 한마디 나눈 적 없는데 어느새 친근하게 느껴졌다. 사진기를 내밀었더니 흔쾌히 함께 사진을 찍어 주었다. 카메라에 담은 그의 작품을 보여 주면서 짧은 영어로 한마디 건넸다.

안타나스 씨
때로는 낯선 이에게 위로를 받는다

정령들의 숲

"I like this!"
그는 흐뭇한 미소로 바디랭귀지를 했다.

우리가 마음을 열기만 한다면 위로의 순간은 늘 우리 주변에 있
다. 울울창창한 숲에 있는 것만으로도, '안녕'이라는 말이 이토
록 열렬한 환영의 인사라는 것도, 슬픈 얼굴의 절대자를 보고 오
히려 힘을 얻을 수 있다는 것도, 때때로 유혹에 빠지며 살아가
는 나약한 존재라는 동질감도 우리를 위로한다. 우리를 위로하
는 것들이 어떤 큰 행운이 아님을 새삼 깨닫는다.

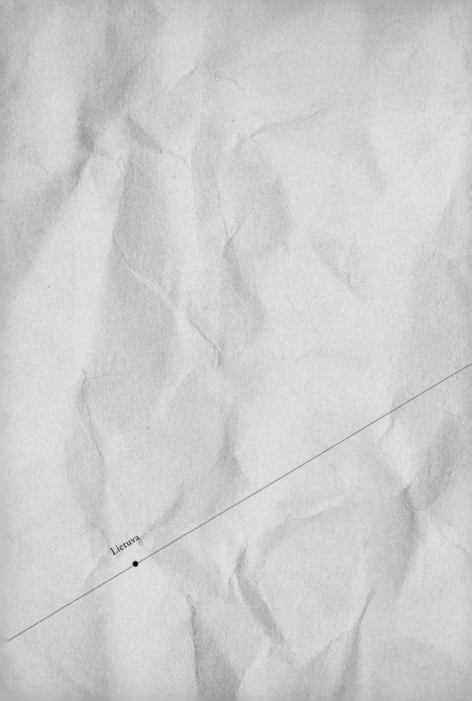

Lietuva

국경이
들려준__말

이금이

휴대폰 진동음이 울렸다.

> ─(외교부) 해외 위급상황 시 영사 콜센터에서 필요한 안내를
> 받으세요

계속해서 로밍요금 규정에 대한 휴대폰 회사의 문자가 이어졌다.
이미 받았던 문자가 왜 또 오나 했더니 국경을 넘었기 때문이란
다. 창밖엔 여전히 자작나무 숲, 초원, 누런 밀밭이거나 작물을
베어 낸 텅 빈 땅, 작은 마을들이 이어지고 있다. 전과 달라진 게
아무것도 없다.

국경을 지나며 버스 안에서 찍은 풍경

국경이 들려준 말

여행 중인 당사자들은 국경을 넘은 사실도 모르고 있는데 한국에서 먼저 안 것이다.

이번 여행에서는 국경을 네 번 넘었다. 한국과 발트 국가 간에는 직항이 없어 근방 국가를 통해야만 한다. 우리는 상트페테르부르크 공항에서 무뚝뚝하기 그지없는 러시아 출입국 게이트를 통과했다. 그 뒤 러시아에서 에스토니아로 넘어올 때는 간이 휴게소 같기는 했지만 어쨌거나 국경 사무소를 통과했다.

하지만 발트3국인 에스토니아, 라트비아, 리투아니아끼리는 이웃 동네 오가는 것처럼 제약이 없다. 세계 유일의 분단국가에 사는 국민으로서 유럽연합 회원국끼리의 자유로운 왕래는 늘 신기하고 부럽다. 있는 줄도 모르고 지나친 남의 나라 국경이 잠을 달아나게 만들었다.

나도 우리 땅 한반도에 가로놓인 국경을 넘은 적이 있다. 1999년 11월, 금강산에 가기 위해서였다. 금강산 관광이 시작된 지 얼마 안 됐을 때였는데 그때는 육로가 아닌 바다로 해서 갔다.

우리가 탄 배는 대형 크루즈 여객선이었다. 태평양이나 대서양을 누벼야 어울릴 법한 유람선은 동해항에서 출항해 다음 날 아침 장전항에 도착했다.

북한 영해를 피하느라 밤새 먼 바다로 돌아가기 때문이라고 했

다. 그러곤 마치 외국에 입국하는 것 같은 절차를 거친 뒤에야 북한 땅에 들어설 수 있었다. 서울에서 두어 시간이면 갈 거리인데 그토록 오래 걸린 것이다. 보란 듯이 바다에선 물고기들이, 하늘에선 새들이 자유롭게 남북을 넘나들었다. 경계를 만든 사람들만이 마음대로 오가지 못할 뿐이다.

우리는 얼마나 많은 경계로 나뉘어 살고 있는 걸까? 초등학교 시절, 두 명씩 앉는 책상 가운데 그어져 있던 금이 떠올랐다. 어떤 책상이든 지워지지 않는 펜이나 칼자국이 만들어 놓은 선을 가지고 있었다.

책상 가운데에 난 그 선은 어떻게 해서 처음 그어지게 됐을까? 혹시 좁은 책상을 함께 쓰면서 겪는 불편함을 줄이기 위해서 아니었을까? 공평하게 나누어 서로에게 피해를 주는 일 없이 사이좋게 지내자고 말이다. 그러다 재미 삼아 금을 넘는 물건을 돌려주지 않는 놀이를 생각해 냈을 수도 있다.

선배로부터 물려받은 책상에 앉는 순간 짝과 나와의 사이에도 게임의 법칙이 적용된다. 대부분은 선을 넘은 물건을 나중에 돌려주었지만 진짜로 빼앗는 아이도 있었다.

3학년 때던가, 움직일 때마다 다른 그림이 나타나는 자를 끝내 돌려받지 못했을 때는 얼마나 속상하던지 눈물까지 났다. 그래서 나도 짝의 물건이 넘어왔을 때 독하게 마음먹고 돌려주지 않았다. 눈에 보이는 금은 마음에도 패여 나중에는 팔꿈치만 조금 넘어도 서로 밀쳐 내며 실랑이를 벌였다. 책상 위의 금은 해가 갈수록 깊어졌다.

초등학생 시절의 유치한 장난이었다고 웃어넘길 수도 있다. 하지만 거기서부터 '나'와 '너'로 가르고, 여자와 남자가 나뉘고, 공부 잘 하는 아이와 못 하는 아이, 부잣집 아이와 가난한 집 아이가 나뉘기 시작한 건지도 모른다. 그리고 그런 아이들이 자라 수많은 경계에 갇힌 어른이 되는 거겠지.

우연히 부르게 된 노래 한 소절을 하루 종일 흥얼거리듯 그날은 내내 '경계'에 대한 생각이 따라붙었다. 그리고 저녁, 인간이 만든 경계에서 비롯된 참사의 결정판을 만나게 된다.

지은 지 얼마 안 된 호텔은 깔끔하고 세련되고 안락했다.

희고, 가볍고, 폭신한 시트가 집보다 편안했다. 여행 중이라는 사실이 새삼스레 행복해졌다. 문득 낮에 받았던 출판사의 문자가 떠올랐다. 급한 일이니 메일을 확인해 달라는 내용이었다. 와이파이가 되는 호텔에 들어가서 하겠다고 답해 놓고는 잊고 있었다.

와이파이를 켜 일을 처리한 뒤 자연스레 인터넷 기사를 보게 됐다. 여행이 좋은 이유 중 하나는 며칠이라도 번잡한 일상으로부터 벗어날 수 있다는 점이다. 한동안 그렇게 지냈더니 뉴스를 봐도 다른 행성의 일인 양 현실감이 느껴지지 않았다.

건성으로 기사들을 훑어보던 중 사진 한 장이 눈에 들어왔다. 빨간색 윗도리와 푸른색 반바지를 입은 아기가 앙증맞은 모습으로 바닷가에 엎드려 있었다. 마치 자는 듯한 귀여운 모습에 사진을 클릭했다. 기사를 읽다 심장이 쿵하고 내려앉았다. 안타깝게도 아이는 죽은 상태였다.

세 살배기 꼬마 아일란 쿠르디는 시리아 출신이었다. 아일란의 가족은 오 년째 이어지고 있는 내전을 피해 터키로 탈출했다. 그리고 더 안전한 곳을 찾아 구명 장비도 없이 보트 위에 몸을 실었다. 하지만 배는 멀리 가지도 못한 채 파도에 휩쓸렸다. 모래 위에 엎드려 있는 아기는 금방이라도 일어나 엄마를 찾을 것만 같았다. 세상에서 가장 행복한 아이처럼 환하게 웃고 있는 생전의 모습을 보자 눈물이 쏟아졌다.

내가 발트 해변에서 웃고 떠들고 있을 때 난민들은 목숨을 걸고 또 다른 바다인 지중해를 헤매고 있었던 것이다. 그 바다는 흰

돛을 펼친 요트가 한가로이 떠있는 낭만적인 곳이 아니던가.

뿐만 아니라 내가 편안하게 누워 있는 이 순간에도 난민들은 길 위에서 불안과 배고픔에 떨고 있을 것이다. 나는 뿌예진 눈으로 기사들을 계속 보았다.

언론들은 앞 다투어 난민들의 실상을 알리며 국제 사회의 보다 깊은 관심과 도움의 손길을 촉구하고 있었다. 아일란이 살아 있을 때 그런 관심을 가졌더라면 얼마나 좋았을까. 무관심했기는 나 또한 마찬가지였다. 난민 문제는 어제 오늘 일이 아니다. 그동안 난민과 관련된 가슴 아픈 소식을 많이 보고 들었다. 얼마 전에는 헝가리와 오스트리아의 국경에서 시리아 난민 71명의 시신이 냉동 트럭 안에서 발견된 충격적인 일도 있었다. 그럴 때마다 일회성 관심이나 동정을 느꼈을 뿐 남의 일로만 여겨 왔던 것이다. 하지만 하루 종일 '경계'에 대한 생각을 해서인지, 아니면 죽음이라는 단어와는 너무 어울리지 않는 어린아이의 소식이어선지 그날은 어느 때보다 가슴 아프게 다가왔다.

정치, 종교, 지역, 경제 등의 문제로 나뉘어 내전을 벌이는 나라들은 수많은 난민을 만들어 낸다. 거기에 강대국들이 자기네 이해관계에 따라 개입하면서 전쟁은 더 치열해지고 잔인해진다. 국민들은 살기 위해, 목숨을 운명에 맡긴 채 탈출하는 수밖에 없다. 그들의 목적지는 난민 지위를 부여받을 수 있는 유럽이다.

회원 국가끼리는 자유롭게 열어 놓은 유럽연합 국가의 국경도 자기들 경계 밖의 사람들에게는 야박하고 엄격하다. 다행히 독일이나 프랑스 등 유럽의 나라들이 난민들을 받아들이기로 했다. 하지만 자국 내의 반대와 저항도 만만치 않다. 난민을 받아들이는 문제가 그 나라 사람들끼리의 갈등을 불러온 것이다. 그런 상황 속에서, 무사히 유럽의 국경을 넘었다고 해도 난민들은 여전히 현재와 미래가 불안할 것이다. 그들의 진정한 바람은 평화로운 자기 나라에서 주권을 가진 당당한 국민으로 사는 것이리라.

난민이 겪는 고통 역시 인간들이 만들어 놓은 경계에서 비롯된 것이다. 세상에는 자연이 만든 경계도 많다. 산, 강, 바다 같은 경계는 터널을 뚫고, 다리를 놓고, 배나 비행기를 띄워서라도 극복하면서 사람이 만든 경계는 어째서 쉽게 허물지 못하는 걸까.

지금 이 순간에도 사람과 사람 사이, 마음과 마음 사이에 수많은 선들이 그어지고 있을 것이다. 그 경계가 많으면 많을수록 그물코는 복잡해지고 좁아진다. 그리고 결국 사람들은 자신이 만든 작은 그물코 안에 갇혀 살게 된다. 진정으로 자유로워지기 위해서는 내 안의 수많은 고정관념과 편견을 허물어야 할 것이다. 경계란 결국 그것들에 의해 생겨나는 법이니까.

국경이 들려준 말

'나'와 '너'뿐만 아니라 '우리'가 서로의 경계를 허물고 어우러져 살아야 한다고, 이번 여행에서 만난 발트3국의 국경들이 내게 말한다.

다시, 여행을 꿈꾸며

출판사로부터 책에 들어갈 사진을 보내 달라는 연락을 받았다. 그 핑계로 우리는 한자리에 모였다. 경희궁 옆 운치 있는 식당에서 맛있는 점심을 먹으며 나눈 이야기 속에서 우린 다시 발트로 여행을 떠났다. 즐겁고 유쾌한, 그러면서도 아련하고 뭉클한 여행의 추억을 되새기며 오간 말들을 살짝 옮겨 적는다.

◆◇◆◇◆◇◆◇◆◇◆

혜선 　발트 여행을 다녀온 지 어느새 일 년이 넘었네요. 여행지를 발트로 정하던 때가 떠올라요. 얼마나 많은 후보지가 나왔는지 우리 입에서 나온 여행지만 해도 세계 지도 절반은 채웠을 걸요. 그 많은 여행지 중 어느 순간, 발트로 의견이 모아졌지요. 나는 발트라는 이름이 그냥 좋았어요. 낯설고 새롭고……

미경 　발트, 하면 그 이름 때문인지 코발트가 연상되어서 발트

해는 코발트블루 빛일 거라 혼자 생각했어요. 파란색을
워낙 좋아하다 보니까 그냥 무작정 끌렸지요. 직접 가서
본 발트해는 코발트블루랑은 거리가 멀었지만.(웃음)

묘신 나는 유명한 곳보다가 잘 알려지지 않은 곳을 좋아하는
편이에요. 사람들에게 발트가 더 많이 알려지기 전에 내
발자국을 꼭 찍고 싶었어요.(웃음)

금이 나도 그랬어요. 발트3국은 발칸3국이랑 헷갈릴 정도로
낯설고 생소했던 나라들이었죠. 처음엔 세 나라 이름 외
우기도 쉽지 않았는데……(웃음) 그 낯선 느낌, 미지의
세계 같은 느낌이 좋았어요.

종선 유럽, 하면 보통 영국이나 프랑스 독일 같은 곳을 떠올리
는데, 잘 알려지지 않은 발트는 왠지 꿈과 환상 같은 느
낌? 그런 느낌이 좋았던 것 같아요.

금이 그리고 보니 우린 공통적으로, 남들이 흔히 가지 않는
       곳을 좋아하네요. 몽골, 바이칼, 네팔……. 지금까지 우
       리가 다녀온 곳만 봐도 그렇고.(웃음)

혜선 여행을 다녀오고 나면 오래도록 기억에 남는 곳이 있잖
       아요, 다시 찾아가 오래 머물러 보고 싶은 그런 곳. 난
       탈린이 그래요. 그곳에 다시 가서 어슬렁어슬렁 골목도
       기웃거려 보고, 시장도 가 보고, 정처 없이 다니다가 길
       도 잃어 보고, 그러다 아무 버스나 손 들고 타고…… 그
       러고 싶어요.

미경 탈린이 발트 여행에서 처음 간 곳이라 그런지 나도 탈린
       이 참 좋았어요. 여행 도중에도 문득문득 '아! 탈린!' 소
       리가 저절로 흘러나올 정도로. 그리고 리가의 구시가지
       도 좋았어요. 리가는 뭐랄까, 화려하면서도 우아한 게
       굉장히 여성적인 느낌이었어요. 리가는 여행을 다녀오고
       나서 그곳에 대해 글을 쓰면서 새록새록 더 정이 들었던

것 같아요.

묘신   나는 골목길을 좋아해요. 그래서 그런지 골목길을 걸을 때 좋았어요. 탈린의 톰페아 언덕에서 내려올 때 귀족들이 다니던 '긴 다리' 골목길이랑 평민들이 다니던 '짧은 다리' 골목길이 있었잖아요. 나는 소외된 사람들에 대한 연민이 있어서 그런지 '짧은 다리' 골목길이 좋았어요. 좁은 골목길이라 더 정감 있는 곳이었어요. 다시 가서 그 골목길을 마냥 걷고 싶어요.

종선   나는 리투아니아가 마음에 들었어요. 리투아니아의 빌뉴스 구시가지는 다른 곳에 비해 호방함이 느껴지더라고요. 광장도 넓고, 대성당 앞의 길도 널찍널찍하고……. 게다가 물가도 싸서 마음에 들었어요.(웃음)

금이   나는 여행을 하면 이상하게 유명한 유적이나 유물 같은 것들보다 그냥 그곳에서 내가 보낸 일상이 기억에 남고 좋아요. 칫솔 사러 밤길을 헤매고 다니던 것, 동네 마트에 가서 장보던 기억들……. 그리고 어딜 가든 자연이 좋아요. 여행을 가면 그 도시의 국립공원이나 식물원에 꼭 가 보거든요. 발트3국도 나무가 많아서 좋았어요. 다시 간다면 드루스키닌카이 숲에서 아무것도 안 하며 며칠 지내고 싶어요.

혜선 아까 다들 발트가 사람들에게 많이 알려지지 않은 관광지라서 좋다고 했는데, 아직 발트를 다녀오지 않은 사람들에게 꼭 추천하고 싶은 곳이 있거나 나만의 여행 팁 같은 게 있다면?

금이 나는 장소가 아닌 계절을 추천하고 싶어요. 우리나라에서는 경험할 수 없는 백야가 있는 6~8월이요. 우리는 그 시기를 지나서 갔잖아요. 여행하는 동안 그게 조금 아쉬웠어요.

혜선　나는 발트로 여행을 가면 절대로 버스에서 잠을 자지 마라, 차창 밖으로 보이는 스쳐 지나가는 풍경들을 놓치지 말고 봐라, 그 얘길 꼭 해 주고 싶어요. 차를 타면 바깥 풍경을 보려고 일부러 오른쪽 자리에 앉아요. 추수를 끝낸 밀밭을 보는 것만으로도 그 비어 있는 들판이 참 많은 생각을 하게 해 주거든요.

금이　맞아요. 발트3국의 차창 밖 풍경은 다른 유럽이랑 많이 다른 것 같아요. 텅 빈 들판이 끝없이 펼쳐지는 러시아 느낌도 많이 났어요.

혜선　창밖으로 보이는 우거진 숲으로 난 들길, 들길 사이로 보이는 작은 마을, 시골 정류장에서 버스를 기다리는 사람들, 학교에서 돌아오는 아이들 모습……. 차 안에서 내 눈에 담았던 소소한 풍경들이 가장 기억에 많이 남아요. 아름다웠던 트라카이 성보다 성 가는 길에 만난 블루베리랑 딸기 팔던 아주머니가 이상하게 더 기억에 남고,

아름답게 느껴져요. 우리의 일상을 다른 곳에서 바라볼 때 느껴지는 아름다움, 그런 게 아닐까요?

료신 나는 무너지고 부서져 뼈대만 남은 타르투 대성당이 참 좋았어요. 빨리 복원을 하는 것이 아니라 시간이 얼마가 걸리든 옛 모습 그대로 천천히 고쳐 나가고 있다는 것도 인상적이었지요. 으리으리한 건물이 아닌 폐허의 모습에서 나도 모르게 엄숙해졌다니까요.

미경 나는 구시가지가 마음에 들었어요. 건물 하나하나에서 세월의 더께가 느껴지기도 하고, 오래전 사람들의 흔적이 켜켜이 쌓여 있는 것 같아서. 비 오는 날, 구시가지의 물먹은 돌길도 참 좋았어요. 젖은 돌길을 걸으면 마음도 젖어 들어 하루 종일 걸어도 싫증 나지 않을 거 같더라고요.

종선 발트는 다른 유럽에 비해 웅장함이나 화려함은 없어요.
그런 걸 기대하고 가는 사람들은 실망할 수 있겠지만, 소
박함이랑 여유로움이 주는 맛을 즐기는 사람이라면 충
분히 발트의 아름다움과 맛을 만끽할 수 있을 것 같아
요. 발트 여행은 지친 일상에서 벗어나 휴식을 취할 수
있는 곳이라 생각돼요.

혜선 음식도 참 소박했지요. 빵과 감자 스프 같은…… 미식가
들에겐 실망스러울 수 있겠지만 난 그곳에서 저절로 다
이어트가 돼서 참 좋았는데…….(다 함께 웃음) 발트는 정
말 소박하고 또 우리 역사랑 비슷해서 더 애잔함이 느
껴지는 것 같아요. 오랜 세월 강대국에 나라를 빼앗겼던
그들에게 평화로운 일상이 얼마나 간절했을까? 그들의
평화로운 일상을 보면 그걸 얻기 위해 그들이 벌인 힘겨
운 투쟁이 떠오르면서 우리의 과거를 보는 듯한 느낌이
들어요.

미경   맞아요. 여행을 떠나기 전, 발트에 품었던 환상의 자리에
       애잔함이 채워졌지요.

묘신   아픔을 같이 공유해서 그런지 발트가 더 가슴에 새겨졌
       던 것 같아요. 느낌 아니까!(다 같이 웃음)

종선   맞아요. 리투아니아는 과거 강대국으로서 영광을 누린
       역사가 있어서 독립한 뒤, 기대 심리에 부응하지 못하는
       경제적 현실에 따른 좌절감도 큰 것 같아요. 그래서 젊
       은 사람들 중엔 다른 유럽으로 떠나려 하는 사람들이
       많다고 하는데, 우리나라랑 역사가 비슷해서 그런지 그
       런 상황들이 더 안타깝게 느껴져요. 발트3국이 평화롭
       게 잘 살았으면 하는 바람이 있어요.

금이   정말 그래요. 빌뉴스가 유럽의 정중앙이라잖아요. 리투
       아니아 사람들은 그에 대한 자부심도 있을 텐데……. 아

무튼 발트3국이 다 잘 살았으면 좋겠어요.

미경   발트를 다녀온 사람들은 느낌이 다 비슷한가 봐요. 누군
      가 인터뷰 기사에서 '아! 나의 탈린!'이라 말하는 것을
      보고 깜짝 놀랐어요. 여행 중에 우리가 그러고 다녔잖아
      요. 그 기사를 보면서 우리뿐 아니라 발트를 여행한 사
      람들은 다 그곳에 빠지는구나, 그런 생각이 들었지요.

묘신   나는 리투아니아에서 사 온 나무 인형을 자주 들여다
      봐요. 커다란 물고기를 안고 있는 아이의 모습이 어찌나
      앙증맞은지 몰라요. 나무 인형을 볼 때마다 여행지가 새
      록새록 떠올라요.

미경   난 그때 사 온 린넨 가방이랑 고양이 인형을 보면서 가
      끔 여행의 추억에 젖곤 해요.

금이　나는 라트비아 합살루에서 나무로 만든 부엉이 옷걸이
　　　를 샀는데 볼 때마다 기분이 좋아져요.

혜선　나도 합살루에서 용도를 알 수 없는 하트 모양의 나무
　　　판을 사 왔어요. 그걸 보면 발트의 나무 한 그루를 들여
　　　놓은 느낌이라고 할까?(웃음)

종선　그러고 보니 난 먹는 것 위주로 사서 남아 있는 게 별로
　　　없네요. 커피, 통후추 같은.(다 같이 웃음)

혜선　갑자기 그곳의 과일 생각이 나요. 볼품은 없지만 복숭아
　　　도 맛있고 애플망고도 정말 맛있었는데.

종선　9월 말고 다른 계절에도 또 가고 싶어요.

금이   맞아, 백야를 추천했지만 한겨울에도 가 보고 싶어요. 눈 쌓인 하얀 발트도 참 예쁠 것 같아요.

묘신   난 들꽃이 가득 피는 하지 축제 때 가 보고 싶어요. 축제에 참가한 사람들과 춤추며 같이 어우러지면 얼마나 좋을까요? 참 아름다울 것 같아요.

종선   우리 다음에 또 갑시다!

미경   항상 똑같아요. 우린 여행을 다녀오면 늘 그곳에 또 가고 싶단 얘길 하네요. 몽골도 그랬고, 바이칼 호수, 네팔을 갔을 때도 그랬고…….

금이   여행 중에 다음 여행지를 계획하는 것도 항상 똑같아요.

혜선 갔던 곳 다시 가야 하고 새로운 곳도 가야 하고 갈 곳도
참 많네요. 이렇게 마음 맞는 사람들이 있어 참 행복해
요. 우리, 다리에 힘 풀려도 가슴 떨리는 그날까지 길 위
에서 함께해요.

◆◇◆◇◆◇◆◇◆◇◆

여행이란 그런 것 같다. 떠나기 전 기다리는 시간, 그 설렘부터
여행은 이미 시작된다. 정작 떠나서는 정신없이 허겁지겁 지내다
돌아온다. 돌아와 정말 여행을 다녀왔구나, 두고두고 곱씹는 시
간이 바로 여행의 절정이다. 일주일을 떠나 있다 돌아와도 한 달,
일 년, 십 년 아니, 그 여행으로 기억되는 매순간이 언제나 여행
이었음을 알게 된다. 그래서 우리는 아직도 여전히 언제나 여행
중이다.

작가 소개

이금이 _____

1984년 '새벗문학상'과 1985년 '소년중앙문학상'에 당선돼 동화작가가 되었다. 어릴 때 가장 좋아했던 놀이인 이야기 만들기를 지금도 즐겁게 하고 있다. 2004년《유진과 유진》을 출간하면서부터 청소년소설도 함께 쓰고 있다. 지은 책으로는 동화《너도 하늘말나리야》,《하룻밤》,《밤티 마을》시리즈, 청소년소설《소희의 방》,《청춘기담》,《거기, 내가 가면 안 돼요?》등이 있다. 동화창작이론서《동화창작교실》이 있으며 초·중 교과서에 다수의 작품이 실려 있다.

오미경 _____

1998년 '어린이동산'에 중편동화 〈신발귀신나무〉가 당선되어 어린이 동화를 쓰기 시작했다. 어린 시절 시골에서 자연과 함께 자란 경험이 동화의 밑거름이 되었다. 키 작은 풀, 꽃, 돌멩이, 나무, 아이들과 눈 맞춤하며 동화를 쓰는 일이 참 행복하다. 지은 책으로는《사춘기 가족》,《꿈꾸는 꼬마 돼지 율》,《교환 일기》,《금자를 찾아서》,《선녀에게 날개옷을 돌려줘》,《일기똥 싼 날》등이 있다.

이묘신 _____ ◢

2002년 'MBC 창작동화 대상'에서 단편 동화 〈꽃배〉로 수상하고, 2005년 동시 〈애벌레 흙터〉 외 5편으로 제3회 '푸른문학상 새로운 시인상'을 수상하면서 작품 활동을 시작했다. 땅 보며 걷기, 먼 산 보며 생각하기, 하늘 보며 꿈꾸기가 특기라 이 세 가지를 동시에 할 수 있는 여행을 참 좋아한다. 지은 책으로는 동시집 《책벌레 공부벌레 일벌레》, 《너는 1등 하지 마》, 청소년을 위한 시집 《내 짧은 연애 이야기》가 있다

박혜선 _____ ◢

1992년 '새벗문학상'에 동시 〈감자꽃〉이, 2003년 '푸른문학상'에 동화 〈그림자가 사는 집〉이 당선되었다. 미루나무를 좋아하고 지나가는 아이들에게 말 걸기를 좋아하는 작가는 아이 같은 어른으로 살고 싶어 아동청소년 문학에 빠져 지낸다. 지은 책으로는 동시집 《텔레비전은 무죄》, 《백수 삼촌을 부탁해요》 등과 동화 《저를 찾지 마세요》, 《신발이 열리는 나무》 등이 있다. 제 1회 연필시문학상과 한국아동문학상을 받았다.

이종선 _____ ◢

어린 시절 혼자만 간직하고 싶은 일을 비밀 일기에 털어놓다가 한참 큰 어른이 되어 글을 쓰기 시작했다. 쿨함을 강요받는 시대에 쓰는 사람도 위로 받고 읽는 사람의 마음도 어루만져 주는 가슴 찡한 동화를 쓰고 싶다. 지은 책으로 《내가 훔치고 싶은 것》 등이 있다.

동화 같은 여행 에세이

발트의 길을 걷다

초판 1쇄 펴낸날 2017년 7월 13일

지은이 이금이, 오미경, 이묘신, 박혜선, 이종선
펴낸이 최만영
책임편집 최현정
디자인 최성수, 이이환
마케팅 박영준, 신희용
영업 관리 김효순
제작 김용학, 강명주

펴낸곳 ㈜한솔수북
출판등록 제2013-000276호
주소 03996 서울시 마포구 월드컵로 96 영훈빌딩 5층
전화 02-2001-5822(편집) 02-2001-5828(영업)
전송 02-2060-0108
전자우편 isoobook@eduhansol.co.kr
책담 블로그 http://chaekdam.tistory.com
책담 페이스북 https://www.facebook.com/chaekdam

ISBN 979-11-7028-061-0 03810

║╲책담 다른 내일을 만드는 상상